이야기를 담은
사찰 밥상

이야기를 담은
사찰 밥상

글·사진 이경애

아름다운인연

들어가며

눈물의 원고. 오 년 전 이 책 속에 실려 있는 글들을 월간 「불교문화」에 연재할 당시, 편집자에게 한 원고를 보내면서 붙였던 메일 제목이다. 온전한 자연 식물들로 빚어내는 사찰음식을 통해 우리 전통 음식문화의 원형을 되짚어 보고자 했던 기획물의 주제는 '잊혀져가는 우리 사찰음식 찾기'였다. 사실 사찰음식이 지금처럼 크게 알려지기 전인 2005년부터 우리는 함께 절집 공양간 엿보기를 시도했었다. 절집 공양간 탐방, 그 소회를 에세이로 풀어 「불교문화」에 연재할 당시 독자들로부터 슬몃슬몃 사찰음식에 대한 관심들이 날아들기 시작했다. 결국 2006년에는 대안 스님과 함께 '열두 달 사찰음식'을 주제로 본격적인 사찰음식 조리법을 이야기로 풀어 연재하기에 이르렀다. 그러는 사이 사찰음식에 대한 우리 사회의 관심도는 놀라울 정도로 높아졌고, 세계가 우리나라 사찰음식의 진가를 알아보기 시작했다. 그런데 그런 추세에 고무되기는커녕 걱정이 앞섰다. 닫혀 있던 사찰 공양간 문을 무작정 두드리고 다녔던 사람으로서 책임감도 느꼈다. 사찰 공양간도 시대

흐름에 따라 대부분 세속화의 추세를 좇고 있음을 보았던 터였다. 현실적인 이유들로 속인 공양주에게 살림을 맡겨놓다시피 하다 보니 그렇게 된 것일까. 무엇보다도 사찰음식임에도 사찰의 주인공들에 의해 철저히 단속되지 못하고 있다는 것, 그것이 가장 우려스러웠다. 중생을 위한 곳이니 사찰이라고 옛 맛만 고집할 수는 없겠지만 그래도 물려받은 지혜를 외면하는 어리석음은 부끄러운 일 아니겠는가. 더군다나 목하 세계의 손님들이 우리 사찰의 밥상을 찬탄하며 찾아오고 있는데 말이다. 그렇게 해서 용케 끄집어 낸 한 생각이 바로 '잊혀져가는 우리 사찰음식 찾기'였다.

　그런데 첫 회부터 고난의 연속이었다. 산사에서조차 잊혀져가는 사찰음식을 속인이 찾겠다니, 너무도 당연한 조짐이었다. 더군다나 하루 스무 시간을 온통 매달려야 하는 본업을 따로 가지고 있는 중생이 가당키나 한 일이겠는가. 그럼에도 그 무모한 생각을 떨쳐내지 못한 까닭은 무엇일까? 연재하는 내내 이 화두를 품고 뛰어다녔다. 몇 달 동안 수소문하여 어렵사리 구한 정보로 전화를 걸면 처음엔 스님도 모르쇠, 공양주도 모르쇠다. 그래서 다시 걸면 아예 통화를 사절한다. 결국 무작정 찾아가보는 미련한 방법을 쓸 수밖에 없었다. 그렇게 뛰어다닌 끝에 겨우 스물네 가지 사찰음식을 정리했다. 꼬박 오 년이 걸렸다. 스님의 문전박대와 공양주의 홀대는 자초한 것이어서 웃어넘겼다. 문헌에도 있고, 구전으로도 분명하건만 찾아가 만나 본 음식은 본질과 영 딴판일 때, 그러고는 모르쇠로 일관할 때, 실망을 넘어 자괴감마저 들었다. 젊은 공양주들로부터 면박도 참 많이 받았다. 하지만 그 때문에 눈물을 쏟지는 않았다. 오로지 맛을 위해 온갖 해로운 식재료들을 무차별 개발하여 그저 많이 먹어주기를 권하고 있는 오늘날의 우리 밥상에서, 자연과 인간이 둘이 아니라는 자명한 이치를 오롯이 담아내고 있는 사찰음식은 그 자체로 이미 우리 몸에 보약과도 같은 작용을 하지 않는가. 그런 지혜로운 밥상이 오롯하게 지켜지고 있는 아름다운 절집과 인연 닿아 보는 것, 그것만으로도 마음이 설레었다. 더하여 그 온전한 밥상 소

식을 세간에 전해 주는 기쁨이야 말해 무엇하리. 그렇게 화두를 풀어나 갔다고나 할까.

'눈물의 원고'는 그 마지막 즈음에 썼다. 2010년, 이력도 생기고 꾀도 보태져 제법 보람을 느끼면서 한 달에 한 번 '사찰 보물찾기'를 하고 다닐 때였다. 매번 그랬듯이 박물관의 하루 치 업무를 마친 늦은 밤, 기차를 타고 달려가 다음날 낮 동안 취재를 끝내고, 다시 밤차를 타고 돌아와 다음날 하루 치의 박물관 업무를 마친 밤, 마감 시한이 그 다음날 아침까지라 부랴부랴 원고 작업에 들어갔다. 그런데 눈꺼풀이 천 근, 머리통은 만 근이라, 잠을 쫓으려고 길고양이 새끼들이 쿵쾅거리는 다락으로 올라갔다. 잠깐 수장고 유물 정리를 하며 잠을 쫓을 심산이었다. 그런데 그만 꼭대기 계단에서 비틀했다. 경황 중에도 팔과 머리통은 온전해야 원고를 마감시킬 수 있겠다 싶어 뛰어내리는 자세를 취했다. 정신을 수습하고 나서야 두 발목이 '큰일 났다'싶게 아프다는 걸 느꼈다.

그날 원고를 어떻게 완성했는지 모른다. 밤 열 시에 낙상하여 격심한 통증 다스리느라고 두어 시간을 보내고서는 원고를 쓰기 시작, 아침 여덟 시에 원고를 보냈다. 그러고도 움직이지를 못해 직원들이 출근하는 열 시가 넘어서야 119를 불러 병원을 찾았다. 두 다리 모두 정강이까지 깁스를 해 주면서 의사가 말했다. 깁스 푸는 기간이 석 달, 그 뒤 물리치료 하는 데 석 달이 걸릴 거라고. 그렇게 하여 사찰음식 찾기는 당분간 접게 되었다. 2011년 두 꼭지를 더 찾아내고는 본의 아니게 지금까지 휴재다. 다리는 나았지만 박물관 업무가 산더미처럼 옭아매고 있어 짬을 낼 수 없어 그렇다.

아물지 않은 상처 같은 미완의 원고라 이제까지 짐짓 묵혀 두고 있었다. 그런데 인연이 닿았음인지, 우연찮게 출간 제의를 받았다. 솔직히 내키지는 않는다. 뿐만 아니라 다시 펼쳐보니 쫓기면서 정리한 티가 역력해서 심히 부끄럽다. 시간을 두고 정성을 들여 다시 한 번 추고를 하고 싶지만 여럿의 권유이기도 하여 인연에 따르기로 했다. 사찰음식

이 우리 사회를 밝게 이끄는 데 할 몫이 있다면, 이 책이 작으나마 도움이 되기를 바라는 마음 간절하다. 또한 이 책 이후에도 우리 전통의 사찰음식 찾기는 계속해나갈 것임을 밝혀 두는 바이다.

끝으로, 까다로울 뿐 아니라 흠까지 많은 원고를 내색도 않고 교정을 보고, 예쁜 책으로 꾸며 준 편집자 여러분께 진심으로 감사드린다. 아울러 오랜 시간 고락을 나누면서 우리 사찰음식의 세계화에 선봉을 맡았던 월간 「불교문화」 고영인 편집장에게도 깊은 감사의 마음을 전해 올린다.

2015년 북촌에서

이 경 애 합장

차례

청정한 자연으로 만드는 풍요

가난한 사찰 살림의
맞춤형 겨울 반찬

영암 망월사

무
와
자
지

가난한 절집 살림의 맞춤형 겨울 반찬

무왁자지를 아시는지. 이름도 정겨운 이 토종 반찬은 십 년 전까지만 해도 스님들 공양상에 자주 오르던 겨울철 절집의 대표 반찬이었다. 조선무를 생긴 대로 서너 등분 굵직하게 잘라 들기름 듬뿍 두른 가마솥에 그득히 채워 넣고, 다시마 몇 조각 곁들여 왁자지글 볶으면서 고춧물을 발갛게 들인 다음, 조선간장 짭짤하게 푼 양념물을 낙낙하게 둘러 곰을 하듯 두어 시간 은근하게 졸여 먹는 반찬인데 그 맛이 사뭇 깊고 알싸하니 부드럽다. 자극적인 음식을 피하는 수행자의 밥상에 하필 고춧물 발갛게 들인 왁자지만 예외였던 까닭은 고추와 무가 궁합이 잘 맞고, 또 겨울철에 필요한 영양소가 이 둘이 섞였을 때 훨씬 더 풍부해지기 때문이다. 담을 삭히고 몸을 따뜻하게 해 주어 고뿔이 예방될 뿐만 아니라, 식구 많은 선방에서는 만들기 편하고 나누기 편해서 좋고, 더하여 무왁자지 한 조각이면 너끈히 밥 한 그릇을 비울 수 있음이니 가

난한 절집 살림에 이보다 더 마침맞은 겨울 반찬이 어디 있겠는가. 그런 무왁자지가 세월 따라 추세 따라 점점 자취를 감추기 시작하더니 이제는 절집 공양주들 사이에서조차 그 이름이 생소한 음식이 되어 가고 있다.

전라남도 영암 신북면에 있는 조그마한 절 망월사에서 종종 무왁자지를 얻어먹는다는 한 사진작가의 말을 귀에 담고 무작정 그곳을 찾아갔다. 망월사는 남도의 스님들 사이에서 손맛 좋기로 소문이 자자한 정관 스님이 이십 년 넘게 그 손맛으로 동사섭同事攝(부처나 보살이 사업, 고락, 화복을 함께하여 중생을 진리로 이끄는 것)을 실천하고 있는 특별한 절이다. 그래서인지, 평일임에도 작은 절집의 요사채에는 하루 종일 스님을 찾아온 신도들로 붐빈다. 부엌에서 인심 나고, 먹는 끝에 정든다고 했던가. 물론 그때문은 아니겠지만, 연신 공양간을 들락거리며 입맛을 다시는 사람들을 보노라니 부처를 찾아 온 것이 아니라 이제는 세속에서 영 사라져 버린 정갈한 음식에 이끌려 온 발길들이 아닐까 싶

은 생각마저 든다. 스님 두 분이 기거하는 절집 후원에 즐비한 장독대를 보아도 그렇고, 그 장독마다 몇 년씩 숙성시킨 장아찌들이 가지가지 갈무리되어 있는 것을 봐도 그렇고, 해마다 콩 열 말씩을 담가 게으른 중생들에게 귀한 맛보시를 아끼지 않는다는, 저 유명한 '정관스님 표' 전통 된장의 깊은 맛을 보아도 그렇다. 승속 할 것 없이 제대로 만들고, 제대로 맛을 낸 '정찬(일정하게 정해진 차례에 따라서 차린 음식)'이 참으로 그리운 시대에 우리가 살고 있는 것이다.

　오후 늦어서야 겨우 신도들과의 면담이 모두 끝나고, 드디어 정관 스님의 무와자지 만들기가 시작됐다. 당연히 오늘 저녁 대중공양에 차릴 반찬으로 만드는 것이다. 저상고의 무 한 소쿠리를 꺼내오고, 고명으로 쓸 홍당무와 말린 표고버섯, 다시마도 깨끗하게 씻고 털어 다듬어 놓는다. 조선간장과 생강, 고춧가루, 들기름까지 익숙하게 챙겼다. 법복 소매를 걷어붙인 스님은 이 모든 과정을 즐기듯이, 그러나 진중하게 돌아보고 일일이 단속한다. 그러면서 추억 속의 무와자지 이야기까지 들려주신다.

공양간 살림의 반을 해결하는 무 농사

옛날 절집에서는 무 농사만 잘 지어도 겨울 반찬의 절반이 해결되었다. 땀 흘려 키운 무들을 후원 양지쪽 구덩이에 꼭꼭 묻어주고, 바람 안 들게 흙과 이엉으로 두 겹 세 겹 동여매어 갈무리하는 울력이 스님들에겐 매우 중요한 월동 준비였다. 그렇게 갈무리한 무 구덩이에 행여 바람이라도 들세라, 이엉 자락 조심히 들추어 무를 꺼내 오는 일에서부터 무 한 가지로 온갖 찬을 만들어 대중들의 공양을 차리는 것이 바로 채공의 소임이었고, 그 시절 수행자들은 누구라도 그 험한 소임을 비켜갈 수 없었다. 어른 스님의 어른 스님으로부터 이어져 내려오는 가풍과 손맛은 그러한 수행의 과정에서 절로 익혀지는 소중한 공부였다.

동화사 양진암으로 출가한 정관 스님 역시 사찰음식의 대가들인 성연, 일홍, 두 은사 스님 문하에서 살림 솜씨를 익혔다. 고달픈 울력과 엄한 가르침이 있은 날이면 으레 어른스님들은 손수 자신만의 특별식

을 만들어 후학들을 다독거려 주었고, 그렇게 맛본 음식들은 하나같이 약이 되고 살이 되어 수행자의 정신을 고양시켜 주었다. 이런 과정을 통해 익혀둔 솜씨 중에 정관 스님이 기억하는 무 요리만도 스무 가지가 넘는다. 무밥, 무국, 무죽, 무전, 무생채, 무나물, 무짠지, 동치미, 깍두기, 나박김치, 무채김치, 무장아찌, 무찜, 무왁자지, 무시루떡에, 무말랭이로 해 먹는 반찬만도 네댓 가지가 더 있다. 그 중에서도 제일 자주 해 먹은 것이 바로 무왁자지인데, 특히 대중이 많은 선방에서는 이 무왁자지 한 토막이 반찬의 전부였던 시절도 많았다고, 어려웠던 시절을 회상한다. 그런 날엔 채공들은 보통 오전 아홉시 정도부터 무왁자지를 만들기 시작한다. 커다란 가마솥으로 두세 솥씩 졸여내려면 두 시간은 족히 손품이 들어가기 때문이다. 들기름 몇 방울과 고춧가루 물색이 그 많은 무 조각에 골고루 스며들게 덮어주어야 하고, 양념 물을 두른 뒤부터는 양념이 흩어지지 않도록 휘젓지도 말고 솥바닥에서부터 뚜껑쪽의 무조각까지 고르게 익혀 내야 한다. 그래서 왁자지 졸일 때는 장작불을 시종일관 은근하게 지펴 주는 것이 무엇보다 중요했다. 모든 과정이 기다림의 시간이고, 어느 하나 허투루 할 수 없는 일들이다. 그런 기다림의 시간과 번거로운 품을 감내하는 것이 바로 정성이고, 그 정성을 몸에 익히는 것이 공양간 소임자의 첫 번째 공부였음을 스님은 기억한다.

정관 스님의 의미심장한 추억담을 듣는 중에 오늘의 왁자지도 얼추 익었다. 시간도 입맛도 현대인들에 맞춰 조각은 잘게 썰고 간은 슴슴하게 맞췄다. 그런데도 졸이는 시간이 사십 분은 족히 걸렸다. 바로 이렇게 들여야 하는 시간과 손품 때문에 승속 모두 우리 토종 음식 만들기를 기피하는 것을 스님은 안타까워 한다. 그런데 어찌하랴. 무왁자지 익어가는 맵싸하고 달큰한 냄새를 맡고 중생들은 우르르 공양간으로 몰려온다. 바른 음식이 바른 몸을 만든다는 진리는 너도 알고 나도 알고 있음이니, 스님 동사섭의 갈길이 또한 바쁘다.

망월사 공양간에서 만난 우리 토종 콩자반 '흰콩볶음장'

무왁자지를 찾아갔다가 뜻밖에도 어렸을 때 먹어본 흰콩볶음장을 덤으로 맛보았다. 보통 콩자반 하면 검은콩(서리태)을 삶아 간장과 물엿에 졸이는 것만 생각하는데, 진짜 맛있는 콩자반은 흰콩을 볶아서 조청과 간장에 졸이는 볶음콩장이다. 흰콩을 깨끗이 씻어 하루 정도 물에 불렸다가 소쿠리에 건져 물기를 완전히 없앤 다음, 냉동실에서 한번 얼렸다가 풀어진 상태에서 볶으면 졸인 뒤에도 콩이 딱딱하지 않고 녹진녹진하게 씹히며, 고소한 맛은 배가된다. 그 볶음콩장을 망월사에서 만나게 되어 반가운 마음에 살짝 카메라에 담아보았다.

무왁자지

🧂 재료

무, 다시마, 말린 표고버섯, 홍당무, 고춧가루, 들기름, 생강, 말린 통고추, 대추, 국간장

🍲 만들기

1. 말린 표고버섯을 헹구어 생수에 불려둔다.
2. 무는 깨끗이 씻어 껍질째 적당한 굵기로 조각을 낸다(가능한 큼직하게 써는 것이 좋다).
3. 홍당무는 껍질을 벗겨 적당한 굵기로 썬다.
4. 생강은 껍질을 벗겨 얇게 저며 놓는다.
5. 말린 통고추는 반으로 갈라 씨를 뺀 다음 길이대로 3~4등분 해 둔다.
6. 다시마는 티를 제거하여 적당한 크기로 잘라 두고, 대추는 통째 헹군 다음 씨만 뺀다.
7. 불린 표고버섯을 건져 3~4등분 잘라 놓고, 불린 국물은 따로 둔다.
8. 볶음 팬을 불에 달군 다음 들기름을 넉넉하게 두르고, 기름이 끓을 때쯤 무를 넣고 덖는다.

9. 무에 기름이 고루 스며 들면 고춧가루와 남은 재료들을 모두 넣고, 무에 고춧물이 배어들 때까지 덖는다. 이때 물은 넣지 말고, 무에서 나온 물이 자연스레 고춧가루와 어우러지도록 해야 한다.
10. 생수와 국간장을 입맛에 맞는 비율로 섞어 양념 물을 만든 다음, 재료들이 자박하게 잠길 정도의 국물을 둘러준다. 은근한 불에 30~40분간 푹 졸인다. 무가 완전히 물러질 때까지 재료들을 휘젓지 않고 졸여야 양념이 고루 묻어 맛도 좋고 보기도 좋다(맛 없는 무나 바람 든 무도 이렇게 왁자지를 만들면 의외로 맛있게 먹을 수 있다).

쌀밥보다 더 친근해라,
감자와 옥수수

영월 금몽암

감자보리밥과 우거지빡빡된장

쌀밥보다 더 친근해라, 감자와 옥수수

아궁이에선 불땀 좋은 참나무 장작불이 타닥거리고, 기름이 반지르르한 무쇠가마솥에선 연신 뿌얀 김이 피어오른다. 허드렛물이 데워지자 공양주는 한뎃부엌에서 보리쌀을 닦고, 신도들은 공양방에 모여앉아 감자를 깎는다. 겨울을 지나온 묵은 감자가 한 소쿠리다. 그런데도 아직 눈이 보일락 말락 한 것이 한눈에도 꽤나 실해 보인다. 청정한 땅에서 가꾸어 자연적인 방법으로 갈무리한 우리 토종 감자라서 그렇단다. 더욱이나 강원도 바위감자임에랴.

지금도 그렇지만 옛부터 강원도에선 승속 따로 없이 감자와 옥수수가 끼니에 자주 올랐다. 먹을 것이 귀했던 시절, 가난한 절집 스님들에겐 감자만 한 주식도 없었다. 그나마 쌀보리와 함께 짓는 감자밥은 양반이요, 행여 쌀알이라도 한 톨 섞이면 그게 오히려 별식이었던 시절, 강원도 산골 절의 스님들은 껍질도 깎지 않은 통감자에 시꺼먼 꽁보리

밥풀이 오리 하나 십리 하나 붙은 공양으로 끼니를 때우곤 했다. 영월
에서 나서 예순을 바라보는 지금까지 영월을 떠나본 적이 없는 금몽암
의 공양주 수덕화 보살이 기억하는 '밥'에도 감자는 빠지지 않는다. 절
에서건 집에서건 감자가 안 섞인 밥을 먹어본 기억이 별로 없단다. 독
실한 불자로서 기도를 하러 다니다가 바지런하고 손맛 좋은 보살을 유
심히 본 금몽암의 옛 주지 스님 권유로 공양간 소임을 맡게 된 그녀다.
노스님의 혜안이 이백육십 년 풍상을 버텨온 이 고졸한 암자의 공양간
격조에 딱 맞는 주인공을 찾아낸 것 같다. 덕분에 금몽암의 공양은 아
직도 변하지 않은 강원도식으로 차려지고 있다. 찰옥수수울콩탕과 옥
수수호박범벅, 감자 전분으로 만드는 올챙이국수와 감자떡, 메밀칼삭
두기, 도토리떡과 묵, 산야초보신탕과 산야초찜 등 강원도의 소문난 토
속 음식들은 대부분 육류 없이 만드는 자연 채식이라 승과 속이 따로
없다. 그중에서도 감자보리밥과 우거지빡빡된장은 집에서나 절에서나
수덕화 보살이 제일 익숙하게 만드는 식단이고, 금몽암에서 한 번이라

도 먹어본 사람들은 그 담박스럽고 구수한 맛을 잊지 못한다. 그래서 신도 모임이 있는 오늘 같은 날, 보살은 자청하여 무쇠가마솥에 장작을 지피고, 보리쌀과 무청시래기를 삶아 밥상을 차리는 번거로움을 즐겁게 감수한다.

이윽고 공양주는 밥 짓기를 시작한다. 맑은 물이 나올 때까지 박박 문질러 닦은 보리쌀을 가마솥에 안치고, 물을 넉넉하게 맞춘 다음 한껏 장작불을 돋운다. 감자보리밥 짓기의 첫 순서인 보리쌀 삶기이다. 잔가지 불쏘시개 위에 굵직한 장작개비 몇 개를 더 올려놓고, 보살은 '이만 하면 보리쌀 퍼질 때까지 알아서 타다가 사그라질 것'이라며 손을 털고 일어선다. 오랜 경험은 타오르는 불땀까지도 대중잡을 수 있게 하는 것 같다.

옛 모습 오롯이 지키고 있는 공양주

감자보리밥엔 우거지빡빡된장이 제격이라고, 이번엔 된장 끓이기가

준비된다. 작년 가을에 수확하여 고색의 후원 담벼락에 바리바리 걸어 두었던 시래기 꾸러미는 이제 딱 한 줄이 남아 있다. 부지런한 공양주 덕분에 금몽암에선 겨우내 시래기 반찬이 떨어지지 않는다. 최근 시래 기의 풍부한 영양가가 알려지면서 웰빙 식재료니 뭐니 하며 오두방정 을 떨어 대는 것과는 차원이 다른 이야기다. 산속의 암자에선 가난할 때나 넉넉할 때나 변하지 않고 그저 예부터 즐겨 먹어온 입맛과 손맛을 그대로 유지한 것이 오늘의 지혜가 되었다.

아직도 연두색 기운이 남아 있는 무청시래기는 며칠 전에 삶아 물에 담가 놓았기에 우거지빡빡된장 끓이는 과정도 번거로워질게 하나도 없다. 담가 두었던 시래기를 넌출지지 않을 만큼만 잘라 표고버섯 가루 에 된장만 넣고 조물락조물락 무쳐서 그대로 은근한 불로 끓이면 된다. 다시마 국물을 조금 넣지만 국물보다는 우거지를 많이 넣고 빡빡하게 끓인다고 해서 '우거지빡빡된장'이라고 하는데, 이 빡빡된장도 시래기 대신 온갖 버섯과 야채들을 우거지로 넣어 끓이는 부드러운 빡빡된장

으로 바뀐 지 오래다. 하지만 수덕화 보살의 빡빡된장은 무청시래기 한 가지만 우거지로 쓰는 옛 조리법을 그대로 지키고 있다.

오늘의 점심 공양은 밥도 반찬도 만드는 재료와 과정이 너무도 간단하다. 하지만 시간은 무지 많이 걸린다. 겨우내 마를 대로 마른 무청시래기를 무르게 익히려면 두어 시간 이상 고듯이 삶아야 하고, 보리쌀도 초벌 삶기를 해서 뜸을 푹 들인 다음 쌀과 감자를 넣고 다시 한 번 밥을 지어야 한다. 이런 사정이므로 비싼 가스 대신 장작불을 지펴서 익히는 불편 한 가지를 더 감수해야 한다. 누가 꼭 그렇게 하라고, 비싼 가스 아끼라고, 시키는 것도 아닌데 몸에 밴 조리 습관에 따라 자연스레 그렇게 된단다. 이 무쌍한 변화의 세상에서 옛 모습 오롯이 지키고 있는 천생보살 공양주를 만난 것이 그저 기쁘고 놀랍다.

봄날 햇살에 불등걸은 연기로 사그라지고, 아름다운 암자엔 감자보리밥 익어 가는 구수한 냄새가 진동한다. '회가 동한다.'는 말이 떠오를 만큼 입안에 군침이 가득하다. 얼마나 그리웠던 밥상인가! 한 번도 먹

어본 적 없는 음식을 두고 이토록 설레는 까닭을 모르겠다.

드디어 가마솥의 뚜껑이 열리고, 김 자욱한 솥 너머로 잘 퍼진 밥이 보인다. 귀하고 아름다워 탄성이 절로 나온다. 공양주가 나무 주걱으로 밥을 치대기 시작하자 구수한 밥 냄새는 더욱 진동하고, 저도 모르게 침이 꼴깍, 금방이라도 한입 집어먹고 싶어진다. 밥의 향기가 이다지 유혹적인 줄 몰랐다. 공양주는 밥을 치대느라 여념이 없다. 감자보리밥의 마지막 과정인 치대기는 꽤 힘이 드는 작업이다. 으깨지 않은 통감자를 그대로 밥에 섞어 담기도 하지만 빡빡된장에 비벼 먹을 때는 감자를 으깨어 밥 알갱이들과 어우러지게 해야 퍼 담기도 좋고 먹기에도 좋기 때문에 잘 치대는 것이 매우 중요하다. 지금은 쌀이 절반이나 섞여 밥이 부드럽지만 옛날의 감자꽁보리밥은 찰기가 너무 없어 밥을 치대다가 주걱 자루 부러뜨리는 일이 다반사였고, 그래서 옛날 공양간에선 튼튼하고 실한 나무 주걱을 넉넉하게 비치해 두는 것이 또 한 소임이었단다.

양푼이에 그득히 밥을 퍼 담고, 솥바닥에 노릇하게 눌어붙은 누룽지에는 아까 받아놓은 쌀뜨물을 부어준다. 남은 불등걸에 절로 숭늉이 끓여졌다. '진짜 숭늉'도 어린 시절 이후 처음 본다. 무청시래기 빡빡하게 들어간 된장도 제대로 푹 익었다. 고졸한 암자에서 먹기에 참 어울리는 귀한 점심상이다. 얼마나 맛있는지, 염치 불고하고 배가 빵빵해질 때까지 맛나게도 먹었다. 도시에서 먹는 그 흔한 양념과 기름 한 방울 안 들어간 음식의 맛깔이 어쩌면 그다지 깊고 단지, 단출한 밥상 앞에서 참말로 행복했다. 제자리 오롯하게 지키고 선 한 불자의 정성이 만인의 밥상 앞에 행복을 담아낸다. 사실은 그게 이다지 어려운 일도 아닌데 어찌하여 승속 모두 저만치 밀쳐두는 어리석음 속에 빠져들고 있는지, 알다가도 모르겠다.

찰옥수수 울콩탕

찰옥수수와 울콩을 넣고, 뭉근하게 곤 이 음식은 범벅의 일종이다. 다른 지방에서라면 '찰옥수수 울콩범벅'이라고 하겠지만 강원도 토속 음식이니만큼 강원도식 이름이 제격이다.

감자보리밥

🧂 재료

보리쌀, 쌀, 감자

🥄 만들기

1. 보리쌀과 쌀의 양은 3:1 비율로 하고 감자는 식성대로 적당량을 준비한다.

2. 보리쌀을 문질러가며 깨끗이 씻어 쌀밥 안치듯이 물을 맞추어 밥을 짓는다. 그리고 뜸을 푹 들인다.

3. 뜸 들인 보리밥 위에 껍질 벗긴 감자와 불린 쌀을 고르게 펴 얹고, 쌀을 기준으로 밥물을 새로 맞추어 다시 한 번 더 밥을 짓는다.

4. 그릇에 퍼 담을 때는 아래 깔린 보리밥과 위의 감자와 쌀밥이 고루 섞이도록 주걱으로 충분히 뒤섞어서 퍼 담는데 이 과정에서 감자가 적당히 으깨져야 밥맛이 좋다.

우거지빡빡된장

🧂 재료

무청시래기 적당량, 된장, 표고버섯 가루, 다시마
맛국물

🍲 만들기

1. 무청시래기는 줄기가 물러지도록 2~3시간 푹
   삶아 깨끗이 헹군 다음 찬물에 담가둔다.
2. 물기를 꼭 짠 다음 적당한 크기로 자른다.
3. 된장과 표고버섯 가루를 넣고 시래기 줄기에 간
   이 배어 들도록 조물조물 무친다.
4. 다시마 맛국물을 자박하게 두르고 은근한 불로
   오랫동안 푹 끓인다.

봄날의
개떡 잔치

고흥 금탑사

쑥개떡

톳나물 향이 혀끝에 감쳐

　남해안 지방에서 즐겨 먹는 '톳'이란 해조류가 있다. 주로 뜨거운 물에 살짝 데쳐 나물로 해 먹는데 여기에 두부를 으깨 넣거나 들깻가루를 듬뿍 넣고 무치면 제법 먹을 만하다. 웬만한 바닷가마다 흔하게 볼 수 있고, 또 사철 자라기 때문에 남해안 지방에서는 승속 할 것 없이 이 톳을 즐겨 반찬으로 먹는다. 시절을 좀 더 거슬러 올라가면, 톳은 육지의 쑥 다음 가는 '구황 먹거리'였다. 나물(반찬)로서가 아니라 오히려 주식인 밥의 부재료로 더 많이 쓰였다는 말이다. 말린 톳을 물에 불려 떫은맛과 짙은 색을 대충 우려내고 보리쌀과 함께 밥을 짓는데, 지금이사 그 맛을 좋다고 할 사람이 많지 않겠지만 해조류에 대한 높은 관심도에 비추어 볼 때, 그리고 영양 등의 면에서는 크게 환영받을 만한 건강별미밥이다. 쌀알은 십 리에 한 알, 보리쌀은 오 리에 한 알씩 섞였으되 그래도 양념장에 비벼 먹으면 톳나물의 향이 혀끝에 감쳐 꿀떡처럼 넘

어간다. 그로써 범보다 무서운 '끼니' 하나를 무사히 때우곤 했던 아득한 1960년대 적 이야기다.

　그 톳나물밥을 아직도 대중공양으로 즐겨 올리는 절집이 있다는 소식을 들었다. 전남 고흥의 금탑사, 천연기념물 비자나무 숲에 둘러싸인 천 년 고찰이다. 서릿발 같은 서림 큰스님의 기개와 한 치 흐트러짐 없는 가풍으로도 유명 짜한 절이다. 그런데 어찌하랴, 톳나물밥을 취재하러 가겠다는 소식을 미리 통하여 두었건만, 큰스님은 그런 일 없다며 대갈일성 내치기만 하신다. 밖으로 상 세우는 일을 경계토록 그다지 엄단하였건만, 무심결에 실없는 약속을 해 버린 상좌에게 상기도 불호령이 떨어지고 있다. 그러한들 또 어떠리, 절집에 못할 일 하러 온 것도 아니고, 그저 공양 짓는 옆에서 구경 좀 하다가 밥 한 그릇 얻어먹고 그 소식 중생들에 전하여 본으로 삼게 하겠다는 기특스런 일임에랴!

　그래 내심 기운을 북돋우고 큰스님 소맷자락을 붙잡고 늘어졌다. 대관절 무엇이 상구보리上求菩提이고, 무엇이 하화중생下化衆生인지, 미주알

고주알 따져 볼 심산까지 기미는 비쳤다. 밤차를 달려 새벽에 닿은 정성을 보았음인지, 응낙은 없었지만 그래도 한풀 접어 주시는 품이 역력하다. 와중에도 눈길은 한 번도 안 주시고, '스님들은 누구라도 손끝 하나 담지 말고, 절집 살림살이에는 일절 수소문도 하지 말고, 그저 공양 한 끼만 조용히 먹고 가라.'고 하신다. 그러면서 상좌, 주지 스님 다 내치시고 생뚱맞은 쑥 소쿠리를 들고 토굴로 총총 올라가신다. 눈치껏 살펴보니 큰스님의 은사 스님이 모처럼 원행을 오셔서 옛 시절의 쑥개떡이 입에 그립다 하셨고, 그래 육순 큰스님이 손수 쑥을 캐고, 씻고, 데쳐, 오늘 그 쑥개떡을 만들어 올리기로 한 날이란다. 톳나물밥을 찾아왔는데 뜬금없는 쑥개떡이라니! 낭패나 마나 이제 와서 발길을 돌릴 수도 없어 묵묵히 뒤를 따랐다. 쑥개떡도 잊혀져 가기는 매한가지 음식이 아니던가.

예상이 뒤엎이는 일은 큰스님 토굴에서도 일어났다. 전기와 전화도 없이, 시자도 없이, 큰스님 홀로 기거하는 토굴은 모든 것이 자연 그대로다. 그야말로 말 그대로의 재래식 공양간까지 오롯하니 살아 있다. 커다란 가마솥에 황토 부뚜막, 큼직한 솥단지, 꿰맨 박바가지와 꿰맨 박밥통, 나무 주걱에 삼발이, 시렁, 시룻방석, 돌절구, 옹기, 사금파리접시 등등, 1960년대에서 멈춰진 그대로다. 취재처를 잘 정하긴 한 것이리라. 시대를 거슬러 올라간 듯한 공양간 정경에 아연해 하고 있는 사이, 스님은 무연히 쑥개떡을 만드신다. 쑥을 찧고, 찧은 것을 고루 펴 멥쌀가루에 버무리고, 버무린 것을 요리조리 치대고, 또 치대고, 다시 절구에 넣어 찧고, 또 찧고, 소금 간을 보고, 조심조심 묽기를 맞춘다. 절구통 씻은 물은 쑥차로 마시자며 마지막 한 방울까지 따로 받아 둔다.

봄날의 개떡 잔치

이윽고 떡 만들기에 들어가자 그제서야 졸아들어 있는 중생에게 곁자리를 내 주신다. 언감생심, 큰스님 옆에 앉아 난생처음 쑥개떡을 빚

었다. 반죽 한 덩이를 떼어 두 손바닥으로 동그랗게 굴린 다음 다시 얇실얇실하게 빚다가 두 손바닥으로 다지듯이 눌러 주고, 그런 다음에도 서너 번 손뼉으로 꼭꼭 쳐서 마무리를 했다. 절구에서 오래오래 찧어주고, 좀 얇다 싶을 정도로 꼭꼭 빚어 오랜 시간 쪄주어야 쫀득한 제맛이 나는 거라고, 큰스님의 쑥개떡 만드는 비법은 딱 그 한 가지로 끝이다. 아궁이에 불을 지피는 것까지 큰스님이 보아 주시고, 그 뒤는 염치없는 중생이 맡아 그나마 쑥스러움을 면하는 사이, 그 향내도 그리운 쑥개떡이 익어간다. '쌉쓰름상큼'한 쑥 향 속에 큰스님의 미소 은은히 번져나고, 그제야 졸아들었던 중생도 오금이 펴진다. 노스님께 진상되올 올봄의 첫 쑥개떡, 참으로 정성 찰찰히 만들어졌다.

　쑥개떡 마주 놓고 다담이 벌어졌다. 먹는 끝에 정든다고 비로소 굳은 결이 풀렸음인지, 큰스님도 시자승도 중생도 차별 없이 앉거니 서거니 허허, 호호, 봄날의 개떡 잔치를 벌였다. 쫀득하고 매끈하게 씹히는 쑥개떡을 놓고 큰스님의 옛이야기가 이어진다. 원래 쑥개떡은 쑥에다 노

깨나 메밀의 속나깨 또는 거친 보리 싸라기 따위를 반죽하여 아무렇게나 반대기를 지어 밥 위에다 얹어 쪄먹는 음식의 이름이다. 노깨란, 체로 쳐서 밀가루를 뇌고 남은 찌끼를 말함이고, 나깨란, 메밀의 가루를 체에 쳐 낸 무거리를 이름이니, 쌀이나 다른 곡류로 만드는 옳은 떡류에는 끼지도 못하는 떡, 즉 개떡인 것이다. 다시 말해 흉년 등으로 먹을 것이 귀하던 시절, 곡식의 껍질에서 얻은 속가루에 들쑥을 듬뿍 넣어 겨우 허기나마 면하려고 먹던 구황 먹거리이다.

그 눈물의 쑥개떡이 시절 따라 많이도 변하여, 요즘은 고운 쌀가루에 방앗간 기계로 쉬이 차지게 만드는 즉석 쑥개떡까지 생겨났다. 허나 어디 감히 그 맛을 견줄 수 있으랴. 또한 쉬이 찾아볼 수 있으랴. 손으로 일일이 찧고 치대어 가마솥에 장작 불로 쪄 내는 절집의 진짜 쑥개떡, 그 정성 깃든 옛 맛을.

쑥개떡

🧂 재료

생쑥 300그램, 멥쌀가루 800그램, 뜨거운 생수,
소금

🥣 만들기

1. 쑥을 깨끗하게 다듬어 끓는 소금물에 살짝 데치
   고, 찬물에 서너 번 헹군다.

2. 물기를 꼭 짠 다음 소금을 조금 넣고 절구에 찧
   는다.

3. 잘게 찧어져 쑥이 부드러워지면 대야에 담고 쌀
   가루와 함께 뜨거운 생수로 반죽을 하면서 소금
   간을 맞춘다(이때 반죽을 아주 약간 무른 듯하게
   해야 떡 맛이 쫀득하면서도 부드러워진다).

4. 쑥 찧은 것과 쌀가루가 고루 섞이도록 반죽을 잘
   치댄 다음 다시 절구에 넣고 찧는다.

5. 반죽은 손으로 만져서 들러붙지 않을 때까지 찧
   는다. 그리고 녹진해진 반죽을 꺼내 놓고 적당한
   크기로 떼어 얇실얇실하게 빚은 다음 찜 솥에 넣
   고 20분 정도 쪄낸다.

6. 한 개씩 소쿠리에 켜켜로 담아 식은 다음 먹
   는다. 이때 콩고물이나 참기름을 묻혀 먹어도 좋
   고, 꿀이나 조청 등에 찍어 먹어도 맛이 좋다.

💬 도움말

1. 절구는 요즘 일반 가정에서 거의 사용하지 않으
   므로 방앗간을 이용하면 번거로운 과정을 모두
   줄일 수 있다.

2. 멥쌀가루에 보릿가루, 현미 가루 등 다른 곡류의
   가루를 섞어서 만들어도 맛이 좋다.

3. 반대기를 빚을 때 속에 콩고물이나 팥소 등을 넣
   으면 색다른 맛을 즐길 수 있다.

4. 쑥개떡은 뜨거울 때 먹는 것보다 식은 뒤에 먹어
   야 쫀득한 맛이 더 깊어지므로 한번에 넉넉한 양
   을 만들어 냉동 보관해두고 조금씩 꺼내 녹여 먹
   는 것이 좋다.

최고의 맛, 천금채

가야산 백련암

상추불뚝이 전과
상추불뚝이 물김치

천금채(千金菜)라 불린 상추

'상추불뚝이'라는 것이 있다. 고갱이가 돋아 오른 끝물 상추를 이르는 말로 경상도 지방에서만 통하는 토속 말이다. 배추와 시금치 등속의 잎채소들은 고갱이가 올라오기 시작하면 맛이 떨어지고 잎도 억세어져 식재료로는 잘 쓰지 않는다. 그래서 잎채소류는 씨앗을 받기 위해 몇 포기씩 남겨둘 뿐 대체로 부드러운 상태에서 수확을 끝낸다. 그런데 상추만은 예외다. 잎채소 중에서 부드럽기가 최고인 상추는 고갱이까지 연하고 부드럽다. 별 거름 없이도 봄부터 여름 두 철에 걸쳐 무궁 새잎이 돋아나는 데다 그 맛까지 예사롭지 않으니, 옛사람들은 상추를 일러 천금을 주고 사 먹는 채소, 즉 천금채千金菜라 추켜 부르며 텃밭의 주종으로 삼았다.

이름에 걸맞게 입맛 떨어지고 잠 부족한 여름철에 상추만큼 훌륭한 채소는 없다. 하지만 상추의 약성이 최고치로 들어 있는 고갱이에는 쓴

맛이 지나쳐 쌈으로 먹기가 좀 거북스럽다. 그렇다고 먹거리 단속에 살뜰하였던 옛 절집에서 그 아까운 것을 그냥 버릴 리가 있겠는가. 더욱이 상추가 끝물에 이르는 초여름 말미이면 콩밭의 열무는 아직 어리고, 무와 배추는(상추 뽑아낸 밭에) 이제야 씨를 뿌릴 참이다. 김치가 반찬의 전부이다시피 했던 시절이니 무엇으로든 김치는 만들어야 했고, 민가에서야 이때에 무성해지는 부추가 있었지만 오신채를 피하는 절집이니 자연 상추고갱이김치가 개발될 수밖에 없었음이다. 초여름 잦은 비로 아침저녁 돋아나던 상추는 끝물에 이르러 일제히 고갱이가 불뚝불뚝 솟아오르면서 연하던 잎사귀도 좀 두꺼워지고 길이도 몽총해진다. 먹거리가 풍성해진 지금이야 사정이 많이 달라졌지만, 옛날엔 절집마다 상추밭이 꽤나 큰 너비를 차지하고 있었다. 그러니 상추 고갱이가 돋기 시작하면서부터는 절집 밥상엔 거의 매일 상추 반찬이 오른다. 쌈은 물론이요, 겉절이, 초무침, 김치에 전, 찜, 그리고 국과 된장찌개에도 상추를 이용했다. 종자 받을 몇 포기만 남겨두고, 그 많은 상추를 고갱이 하나 안 버리고 다 반찬으로 만들어 먹으려니 덩달아 요리법도 다양해질 수밖에 없었다.

그 다양한 상추 고갱이요리 중에 손꼽히는 맛이 바로 해인사와 백련암의 상추불뚝이전과 상추불뚝이김치이다. 두 절에서 이 음식의 맛을 본 신도들이 입소문을 퍼뜨려 경상도 일원에서는 민가에서도 상추불뚝이로 만든 전과 김치를 여름 별미로 꼽고 있고, '고향 음식'으로서 그리워하는 도시 사람들도 꽤 많다. 사정이 그러하매 제법 홀가분한 마음으로 길을 나섰다. 해인사도 그러하였지만 몇 년 전 백련암에서 사흘 내리로 상추불뚝이 반찬을 먹었던 적이 있던 터였다. 그래 성철 큰스님 자취도 어리어 있겠다, 기왕이면 산길 걷는 멋까지 누릴 수 있는 백련암을 취재처로 정했다. 그런데 상추밭 여여히 잘 있다는 공양주의 전화만 믿고 간 것이 불찰이었다. 상추밭은 의구하나 그간에 사람들이 모두 바뀌어 공양간의 소임 스님도 신참 행자요, 공양주도 신참 보살이다. 상추불뚝이라는 말조차도 낯설어 한다. 궁여지책, 도우미로 모셔온 노

보살님을 따라 상추밭을 찾아가니 아뿔싸, 불뚝이는커녕 고갱이 순도
아직 안 생긴 상추가 한창 때를 자랑하고 있다. 고산지대라 철이 늦들
었음이다. 상추불뚝이 요리를 찾아왔는데 그 주재료인 상추불뚝이가
생기지도 않았으니, 이런 낭패가 없다. 그나마 다행이라면 상추밭이 예
전 그대로 두둑도 넓고 사래도 길게 잘 경작되어지고 있다는 것이었다.

속절없이 묻혀 가게 된 사찰음식을 찾아서

어떡하나, 궁리를 하고 있는데 그런 마음을 알 리 없는 노보살님은
어느새 소쿠리 가득 상추잎을 따다 놓고, 밀가루를 풀기 시작한다. 상
추불뚝이뿐 아니라 잎으로도 전을 부치고 된장국도 끓여 먹던 것이 떠
올라 잠자코 지켜보고 있으니 웬걸, 반죽의 간을 소금으로 맞추어 허여
멀건한 전을 부치는 게 아닌가. 그래 고추장과 된장으로 간을 맞추지
않느냐고 아는 체를 했더니 어찌된 영문인지 시큰둥한 퇴박만 준다. 백

련암 상추불뚝이전은 다른 절집보다 고추장을 더 많이 써서 색이 붉고 맛도 맵싸하다는 설명은 꺼내다가 도로 삼켰다. 와중에도 공양주는 자기 맡은 점심 공양만 지으면서 이쪽 일엔 모르쇠를 고수한다. 말을 붙여 보려고 아무것이나 빌미를 만들어 질문을 한즉, 오히려 이쪽더러 공부 좀 더 해가지고 다니란다. 아무리 시절 따른 셈속이라지만, 이다지 사나운 공양간 인심은 참으로 뜻밖이다. 더욱이나 성철 큰스님의 법력 서리운 백련암이 아니던가. 큰스님 계실 적엔 그리도 도탑게 꾸려지던 살림 가풍이 그새 어디로 다 흩어졌단 말인가.

그래도 저 아래 해인사가 버티고 있으니, 혹여나 보충할 취재 거리를 구할 수 있을 것도 같아 서운한 마음을 접고 부랴부랴 산을 내려갔다. 하지만 사전 연락이 없었으니, 그곳에서도 상추불뚝이로 만든 음식은 만나 볼 수 없었다. 잊혀져 가고는 있으되 그래도 아직은 제법 많이 만들어지고 있는 편에 속하고, 더군다나 사찰음식전문가들 사이에서 백련암의 대표 음식으로 꼽혀 온 상추불뚝이전과 상추불뚝이물김치가 이

제 속절없이 묻혀버리게 생겼다. 그것이 못내 저어되어 돌아오는 차 안에서 궁리를 거듭했다. 내세우지는 않았지만 백련암과의 인연이 지중한 중생으로서 차제에 밥값도 하고 싶었고, 상추불뚝이요리는 먹어 본적이 많아 만들어낼 자신도 있었다. 다행히 부산과 마산, 경남 일원에 살고 있는 옛 동무들 중 알아주는 백련암 신도가 몇 명 있기에 우선 그들에게 자문을 구해 보았다. 모두들 걱정 반 독려 반으로 적극적인 호응이다. 너도나도 백련암에서 먹었던 상추불뚝이전과 상추불뚝이물김치의 맛이며 요리법을 전해주느라 전화기에 불이 났다. 때마침 주말농장에서 상추불뚝이를 한 소쿠리 따다 놓고 김치 담글 준비를 하고 있다는 동무까지 전화 연결이 되었고, 그 동무가 방금 따 온 그 상추불뚝이를 지금 당장 우편으로 부치겠노라 하여, 그야말로 순식간에 만사가 형통되었다.

기대하였던 절집 안에서는 시류에 밀려 등한시되고 있었지만, 그 절집을 십수 년씩 드나들며 공양을 받았던 중생들은 그 귀한 맛을 잊지

않고 있었다. 그로 하여 그 귀한 음식을 요긴히도 되살려 내었으니, 큰
스님 가피력에 보은하는 옛 동무들의 불심이 아름답기 그지없다. 우리
불교의 전통문화를 지켜내는 일에 불자로서 마땅히 해야 할 몫이기는
하지만 보람이 자못 크다.

백련암 신도들인 옛 동무들의 도움을 받아 속인이 솜씨를 부려 본 상
추불뚝이전과 상추불뚝이물김치를 소개한다.

상추불뚝이전

🧂 재료

상추불뚝이, 밀가루, 맛국물(다시마, 무, 표고 버 섯), 고추장, 된장, 콩기름, 청·홍고추

🍳 만들기

1. 다시마와 무, 표고버섯을 넣고 푹 끓여 맛국물을 만들어 식혀 놓는다.
2. 상추불뚝이는 고갱이 부분을 칼등으로 자근자근 눌러 즙액을 빠지게 한 다음 깨끗이 씻어 물기를 털어 놓는다.
3. 맛국물에 고추장과 된장을 2:1로 풀어 간을 맞춘 다음 밀가루를 넣고 약간 묽은 듯한 반죽을 만 든다. 청·홍고추를 가늘게 썰어 고루 섞어 준다.
4. 팬에 콩기름을 두르고 상추불뚝이를 한 장씩 어 긋나게 잘 펴놓은 다음 그 위에 반죽을 적당량 끼얹고 뒤집어 가면서 노릇하게 지져낸다(이때 반죽을 너무 많이 끼얹지 말고, 뒤집을 수 있을 정도로만 해야 상추의 향을 즐길 수 있다).

💬 도움말

신경불안증과 불면증, 식욕 저하 등으로 고생하 는 사람들은 고갱이의 즙액이 약이 되므로 쓴맛 을 빼 내는 정도로만 처리하고, 잠을 쫓아야 하는 수험생과 쓴맛을 싫어하는 아이들에게는 고갱이 를 많이 두드려 쓴맛을 깨끗이 빼는 것이 좋다.

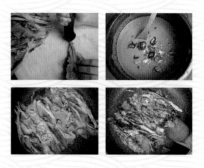

상추불뚝이물김치

🧂 재료

상추불뚝이, 찹쌀가루 조금, 감자 3~4개, 배 반
쪽, 소금, 청·홍고추

🥣 만들기

1. 찹쌀가루에 껍질 벗긴 감자를 갈아 넣고 묽은 죽
   을 쑤어 식혀 놓는다. 이때 찹쌀 대신 밀가루를
   써도 되지만 감자는 꼭 넣어야 국물 맛이 잘 어
   울린다.

2. 상추불뚝이는 깨끗이 헹구어 고갱이 부분을 십자
   형으로 갈라 30~40분 정도 소금에 절여둔다(이
   때 쓴맛을 싫어하는 사람들은 전을 부칠 때처럼
   칼등으로 눌러 즙액을 빼내도록 한다).

3. 절여진 상추불뚝이를 두어 번 헹구어 채반에 건
   져 놓고, 청·홍고추를 어슷썰기 해 둔다.

4. 1에 껍질 벗긴 배를 갈아 넣고 체나 베 보자기로
   찌꺼기를 걸러 내면서 생수를 부어 준다. 필요한
   국물의 양을 맞춰 놓는다(배와 함께 속가에서는
   양파 등을 갈아 넣어도 좋다).

5. 상추불뚝을 2등분으로 잘라 소금과 청·홍고추를
   넣고 버무리며 간을 맞춘 다음 국물을 붓고 고루
   섞으면서 마무리 간을 맞춘다.

6. 김치 통에 담아 실내에서 하루 정도 익힌 다음
   냉장 보관해두고 먹는다.

💬 도움말

식성에 따라 고춧가루를 섞어도 되고, 국물을 아
예 없애고 양념을 짙게 해서 그냥 김치로 담가도
좋다. 물김치로 담글 때는 적상추를 반쯤 섞어주
면 김치가 익으면서 국물 색이 분홍빛으로 우러
나 식욕을 돋우는 효과가 배가된다. 상추불뚝이
김치는 의외로 씹는 맛이 아삭하고 뒷맛이 쌉싸
름하면서도 상쾌해서 입맛 없는 여름철에 아주
잘 어울리는 별미 김치다.

도토리 한 알 속에 담긴
오롯한 세월

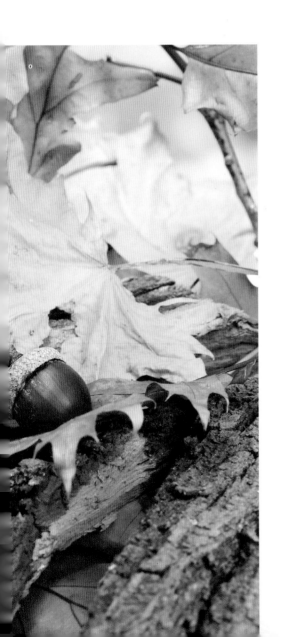

다섯 번째

공주 홍복사

도토리야채수제비

도토리 한 알 속에 담긴 오롯한 세월

들판의 알곡들이 얼추 익어갈 즈음이면 옛사람들은 다투어 산을 찾았다. 아직 익지도 않았건만 임자 없는 산 열매를 차지하려니 한 걸음 먼저 나서는 것이다. 해마다 이맘때면 밤, 감 ,머루, 다래, 도토리를 찾아다니는 사람들로 산골짝이 시끄러웠고, 그중에서도 도토리는 양식이 되기에 알이 채 여물기도 전에 아이들을 시켜 서로 많이 따 나르도록 채근하곤 했다. 그렇게 치열하게 확보한 도토리로 밥도 해 먹고 죽도 해 먹고, 수제비도 해 먹었다. 그 유명한 도토리묵과 전, 떡 같은 것은 조금 여유가 있을 때의 이야기였고, 그냥 떫은맛만 우려낸 채 맷돌에 대충 갈아 알갱이는 밥에 넣어 먹고, 가루는 죽과 수제비를 만들어 먹는, 그런 식이었다. 떫은맛을 우려내기는 했어도 밥에 넣은 도토리 알갱이는 그리 좋은 맛이 아니어서 배고픈 그 시절에도 아이들은 시키면 알갱이들을 골라내기 일쑤였고, 그러면 어른들은 그것을 개밥에 넣

어주는데 개한테도 그 맛은 별로였던지 그야말로 '개밥에 도토리'만 수북하게 쌓이곤 했다. 불과 사오십 년 전의 이야기다.

　도토리를 곡식 못지않게 중히 여긴 것은 승속이 다르지 않아. 그 시절엔 스님들도 가을이면 도토리 줍기를 큰 울력으로 치르곤 했다. 우리나라 산 중에 도토리가 열리는 참나무과의 나무(상수리나무 · 졸참나무 · 갈참나무 · 신갈나무 · 떡갈나무)가 자라지 않는 산이 없으므로 산속에 사는 가난한 스님들에게는 이 도토리가 주식이나 다름없었고, 그래서 갈무리에 더 신경을 쓰곤 했다. 따지고 보면 도토리가 어려운 시절의 우리 스님네들을 크게 구황한 셈이다. 물론 지금도 도토리 줍는 대중울력을 하는 절집이 더러 있긴 하지만 옛날처럼 양식으로 삼기보다는 도토리에 들어 있는 우수한 영양소를 취하기 위해 묵이나 전 등 별식의 재료로 쓰는 정도이니 세상 달라진 느낌이 도토리 한 알 속에도 오롯하다.

　때가 때인지라 이름도 정겨운 도토리 음식을 찾아보기로 했다. 묵이나 전과 같은 별식은 오히려 호시절의 각광을 받아 많이들 해 먹고 있으니 빼놓고, 그렇다고 먹을 것 넘치는 요즘 세상에 흉년의 개도 안 먹던 도토리밥을 찾을 수도 없고, 해서 수제비나 죽을 수소문하고 있는데 마침 공주 철승산 홍복사와 인연이 닿았다. 연세도 지긋하신 수행 스님이 홀로 은거하고 있는 조그마한 암자인데 스님도 절집도 아무런 격이 없다. 조촐한 법당에 산신각 하나, 충청도 두메산골 집 닮은 요사채, 그 앞 텃밭에는 고추, 호박, 들깨가 익어가고, 석간수 옆 바위에는 가지째 부러진 도토리 몇 알이 널려 있다. 그러고 보니 절집을 싸안고 있는 철승산 한 자락이 온통 상수리나무 숲이다. 수령이 백 년 가까운 거목들인데도 올려다보니 아직 푸릇한 도토리들이 올망졸망 달려 있다. 올해는 유난히 긴 장마로 일조량이 모자라 안 그래도 늦익는 도토리들이 아직 영글지를 못하고 있다고 스님이 설명해 준다. 도토리는 올처럼 장마가 길거나 가뭄이 심해 흉년이 드는 해에는 열매들이 유난히 많이 열리고, 농사가 풍년이 드는 해에는 현저하게 적게 열리는 영물이라고

한다. 도토리 앞에 붙어 다니는 '구황救荒'이라는 말이 괜히 생긴 것이 아니다. 스스로 그러하여 '자연自然'이라고, 나무 한 그루, 풀 한 포기가 피고 지는 것의 이치 속에 부처님의 법 공부가 다 들어있다.

　오랜만에 만나보는 중생이어서인지 스님의 법문이 신이 났다. 그러면서 작년에 주워 와 갈무리해 둔 도토리 가루를 꺼내 오고, 여름내내 묵혀 두었던 가마솥을 닦고, 텃밭의 애호박과 고추, 들깻잎을 따와 수제비 끓일 준비를 하고 있다. 이미 수확을 끝낸 밤, 상수리나무 등걸에 키운 표고버섯, 감자, 당근, 느타리버섯, 그리고 국물용 다시마와 무가 곁들여졌다. 된장과 고추장도 꺼내 놓는다. 수제비 재료치고는 왠지 좀 거창하다. 이름하여 도토리야채수제비란다.

식은 수제비 이상 맛있는 음식이 없었다

　요즘은 도토리를 곱게 갈아 가루를 물에 가라앉혀 떫은맛을 우려낸

다음 그 전분을 말려서 식재료로 쓰고 있지만 옛날에는 겉껍질만 벗긴 도토리를 그대로 물에 우려 떫은맛을 없앤 다음 그것을 다시 말려 가루로 빻는 식이어서 아무리 여러 번 우려내어도 떫은맛이 조금 남아 있었다. 먹을 것이 귀하다 보니 한 줌이라도 양을 늘려 먹기 위해 그렇게 했다. 그런 도토리 가루에 밀가루를 절반쯤 섞어 수제비를 만들면서 가을밭에 남아 있는 끝물 채소들을 이것저것 사정되는 대로 넣고, 이것들과 궁합이 잘 맞는 된장과 고추장으로 간을 하게 된 것이라고 한다. 된장과 고추장을 푼 국물의 구수하고 얼큰한 맛에 도토리 가루의 텁텁함이 걸리지 않고 그냥 넘어가는 것이다. 당연히 반찬도 필요 없다. 옛 스님들의 지혜가 만들어 낸 소박한 식물성 보양식인 셈이다. 거기에 더하여 오늘날의 스님은 밤까지 곁들였다. 공주가 밤의 고장이라 절 주변에도 밤이 흔하므로 한 번 조화를 시켜 보기로 했단다.

　스님의 진진한 설명을 들으니 과연 어떤 맛일까, 오늘 얻어먹게 될 도토리야채수제비의 맛이 기대되기도 한다. 속인의 습이 꿈적거려 가

만히 지켜보지 못하고 거들고 나서는데 스님이 허허, 손사래를 친다. 속가에서도 그렇고 승가에서도 그렇고, 어려운 시절을 살아오느라 수제비 정도는 이골이 났다며 채소 씻고 반죽 반대기 치는 일을 어느 결에 척척 해치운다. 절집의 역사는 일천하지만, 스님이 만드는 도토리수제비는 꽤나 관록이 있어 보인다. 도토리 많은 홍복사의 대표 음식이라고나 할까.

스님 한 명에 속인 손님 두 명 분의 수제비를 끓이는데 스님은 기어이 가마솥에다 국물을 안쳤다. 수는 적지만 그래도 모처럼의 대중공양이니 제대로 갖추어서 하겠단다. 남는 것이야 식혀 두었다가 내일 먹으면 된다고. 그러면서 남은 수제비를 숨겨 두었다가 밤중에 몰래 먹던 속가 시절의 추억담을 들려 준다. 이 세상에서 식은 수제비 이상 맛있는 음식이 없다고 생각했던, 참으로 배고팠던 시절의 이야기였다. 꿀맛처럼 넘어가던 식은 수제비의 추억 속에 가마솥의 김이 오르기 시작한다. 속인은 장작불을 돌보고, 스님은 부뚜막에 걸터앉아 수제비를 뜬었다. 한소끔 끓어오르자 준비해 놓은 채소들을 집어넣고, 고추장과 된장을 일대일(1:1)의 비율로 섞어 국물의 간을 맞춘 다음 다시 한소끔을 더 익혔다. 도토리의 쌉싸름한 향에 가을 들깻잎의 짙은 향과 된장의 구수함, 고추장의 얼큰함이 어우러져 벌써부터 회가 동하기 시작했다. 큼직한 막사발로 두 그릇씩 담아 놓고, 저 아래 마을이 내려다보이는 마루에서 늦은 점심공양을 했다. 매끄러운 음식만 먹어온 속인의 혀끝에 도토리 가루의 알갱이가 쌉싸름하게 씹히는 맛은 매우 특별했다. 얼큰하고 구수한 국물과 향긋한 야채 맛이 배어든 밤을 골라먹는 재미도 별미였다. 무엇보다 몸에 좋은 자연 영양 덩어리들을 먹고 있다는 그 사실을 몸이 먼저 알고 행복해 하고 있었다. 행복 속에 먹는 음식이니 감사함도 절로 치솟았다. 본시 먹는 일이 다 그러하였음에도 어느 결에 우리는 그것을 깡그리 잊어버리고, 이제는 믿을 수 있는 한 끼의 밥상을 찾아 이리 동분서주하게 되었는지 모르겠다.

도토리

도토리의 주요 성분인 아콘산은 인체 내부의 중금속 및 여러 유해 물질을 흡수, 배출시키는 데 탁월한 작용을 한다. 또한 피로 회복 및 숙취에 뛰어난 효과가 있으며, 소화 기능을 촉진시키고 입맛을 돋운다. 장과 위를 강하게 하고, 설사를 멎게 하며 당뇨와 암 등 성인병 예방에도 효과가 큰 저칼로리 약성 식품이다. 도토리 가루는 경혈經穴의 통증과 잇몸의 염증, 인후염, 화상, 감기 등에도 효과가 있어 옛 산사의 스님들은 도토리를 상비약으로 비치해 두고 썼다.

도토리야채수제비

재료

도토리 가루, 통밀가루, 애호박, 감자, 느타리버섯, 마른 표고버섯, 들깻잎, 당근, 청·홍고추, 밤(냉장고 사정대로 모든 야채 가능), 무, 다시마, 된장, 고추장, 소금, 참기름, 깨소금.

만들기

1. 도토리 가루와 통밀가루를 1:1의 비율로 섞고, 소금과 참기름을 아주 조금만 넣어 미지근한 물로 반죽을 한 다음 비닐에 싸서 한두 시간 정도 숙성시킨다.

2. 다시마와 무, 마른 표고버섯을 넣고 20분 정도 끓여 국물을 만든다.

3. 국물이 우러나면 다시마와 표고버섯을 건져내어 잘게 채를 썰어 둔다.

4. 애호박과 감자, 당근, 들깻잎은 적당한 크기로 채를 썰고, 밤은 속 껍질까지 깎아 내고 2등분 한다.

5. 느타리버섯은 길이대로 찢고, 청·홍고추는 다져 놓는다.

6. 끓는 국물에 된장과 고추장을 1:1의 비율로 섞어 간을 맞춘 다음 밤과 감자를 먼저 넣고 한소끔 끓인다.

7. 반죽을 얇게 뜯어 넣고 다시 한소끔 더 끓인 다음 애호박과 들깻잎, 당근, 느타리버섯을 넣고 익힌다.

8. 그릇에 퍼 담고 위에 표고버섯 채와 다시마 채, 청·홍고추 다진 것, 깨소금을 고명으로 얹어 먹는다.

되살림의 먹거리

동대문 안양암

들깨송아리부각

되살림의 먹거리

겨울철 절집 밥상에서 빼놓을 수 없는 밑반찬이 부각과 튀각이다. 부각은 채소나 해조류 등의 재료에 간단한 양념을 하고 밀가루나 찹쌀가루 풀로 옷을 입힌 다음 말려서 튀기는 것이고, 튀각은 이들 재료에 양념과 풀을 묻히지 않고 말린 원재료를 그대로 튀긴다는 점에서 차이가 있다.

지금이사 비닐하우스에서 특수하게 키운 녹황색 소채들이 사철 쏟아져 나오고 있으니 굳이 풀을 끓여 옷을 입히고, 찌고, 말리고, 튀기는 등속의 번거로운 식재료를 만들 필요조차 못 느끼는 '철 없는 세상'이 되었지만, 예전 우리 사찰에서는 봄여름에 무성한 산과 들의 푸성귀들을 채취하여 삶고, 데치고, 옷을 입혀 말리는 저장 식품 만들기가 스님들의 큰 울력이 되곤 했다. 온갖 묵나물과 부각, 장아찌, 김치류가 그것들이다.

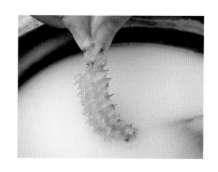

그중에서도 들깨송아리부각은 거의 모든 지방의 절집에서 흔하게 만들어 먹던 저장 밑반찬이다. 더러는 들깨의 씨 알갱이가 아직 여물기 전인 여름철에 일부러 송아리를 따서 만들기도 했지만 그보다는 가을 수확기에 뒤늦게 생겨나 제대로 여물지 못하고 있는 초록 송아리들을 거두어 만드는 것이 주였다. 세간에서는 잘 해 먹지 않는 사찰 고유 음식 대부분이 그러하듯 들깨송아리부각도 말하자면 '되살림의 먹거리'인 셈이다.

'송이'를 '송아리'로 부른 이름의 내력을 보아하니 그 시초는 경상도 어느 절집일 것 같다. 아직 송이라고 하기에는 열매가 달려 있고, 알이라고 하기에는 송이 같고 해서 둘을 합쳐 송아리라고 부르게 된 게 아닐까 싶다. 풋것이지만 고소한 들깨 알갱이가 송송 박혀 있는 귀한 먹거리를 버리자니 아깝고, 그렇다고 다른 잎채소들처럼 삶아 묵나물로 만들어 먹을 수도 없고 해서 연구해 낸 것이 부각의 응용이었으리라. 그런데 만들고보니 그 맛이 기막히다. 송이째 풀 옷을 입혀 기름에 튀겨내니

제법 억세다 할 수 있는 껍질과 줄기 부분까지 하나 버리지 않고 온전히 먹을 수 있고, 이는 겨울철에 부족하기 쉬운 섬유소와 비타민류 섭취에 도움이 된다. 더욱이 육식을 금하는 절집에서 수행승들에게 필요한 지방을 보충하기에도 안성맞춤이다. 산속에서 채소밭 안 가꾸는 절이 없고, 그 채소밭에 들깨 안 심는 절이 없었던 만큼 들깨송아리부각의 소식은 금세 이 곳 저 곳의 절집으로 퍼져 나갔을 것이고, 하여 어느새 우리나라 사찰의 겨울철 대표 별미로 자리매김을 하게 되었으리라.

그 들깨송아리부각을 올가을 서울 한복판에 있는 작은 절집에서 만났다. 사찰박물관 안양암에서였다. 백여 년 전 중창될 당시의 조촐한 상태를 지금까지 아무런 보수와 확장 없이 그대로 간직해 오고 있는 안양암은 그 외양만큼 살림 속내도 옛 가풍을 오롯하게 지켜 오고 있다. 특히나 세 끼 공양에 쓰는 채소류를 지금도 거의 대부분 절집 안에서 가꾸는 것으로 해결하는 전통을 고수한다. 없는 것이 없다는 동대문 창신동 골목 시장 끝자리에 있으면서도 그러하다.

　그러기로서니 스님도 많지 않은 도심의 작은 절집에서 들깨송아리부각을 만들고 있을 줄은 꿈에도 몰랐다. 몇 년 전 절집 전체가 서울시 문화재로 지정 등록된 이후 그 안부가 궁금해서 이런저런 구실을 들고 가끔씩 들르고 있던 중이었다. 갈 때마다 절집 안의 널찍한 채소밭에 철마다 종류별로 풍성히 가꿔지고 있는 온갖 채소들을 보며 경탄을 금치 못하기는 했어도, 설마 들깨송아리부각까지 만들어 갈무리하고 있을 줄은 몰랐다. 참으로 의외였다. 그냥, 오래된 보물같은 안양암의 늦가을 풍경이 보고 싶고, 또 해마다 요맘때면 거두어서 지장전 축담 앞에 줄줄이 앉혀 놓고 햇살바라기를 시키곤 하던 '누렁 호박 열병식'이 보고 싶어 찾았을 뿐이었다.

　그런데 때마침 공양주 보살이 풀 묻힌 들깨 송아리들을 장독대에 널고 있는 게 아닌가. 깜짝 놀라 달려가다 언뜻 귀한 장면 놓칠까, 걱정되어 얼른 사진부터 담고 있으니 낯익은 공양주가 영문을 몰라 손사래를 친다. 가까이 가서 보니 싸릿대 채반이 두 개, 플라스틱 채반이 두 개,

참 많이도 만들어 널어 놓았다. 그 작은 송이 하나하나를 집어 들고 일
일이 풀 물을 묻혀 널자면 손품이 얼마나 들었을까 싶어 치사를 드리니
신도들이 모두 도와 한 일이라고 또다시 손사래를 친다. 이미 만들어
갈무리해 놓은 것만도 한 자루나 되고, 그러고도 뒤란에는 아직 여물지
못한 들깨가 남아 있어 혼잣손으로는 어림 반푼어치도 없는 일이란다.

제 몫으로 주어진 한살이

지난여름의 유난히 긴 장마로 제때에 열매를 영글이지 못한 들깨가
가을 들어 반짝한 햇살을 보고 그제사 열매들을 영글이는 바람에 올해
는 들깨 수확을 아예 포기하고, 대신 송아리부각은 푸지게 만들게 생
겼다는 설명이다. 그 유명한 안양암 지장전 축담의 누렁 호박 열병식
도 일별하고 뒤란으로 쫓아 올라가니 절집 뒤를 병풍처럼 둘러선 암벽
앞 햇살 바른 들깨 밭에 아직도 청청한 들깨 송아리들이 무성하게 피

어 있다. 기어이 제 몫으로 주어진 한살이를 아름다이 마무리하고야 말
겠다는 듯, 바야흐로 찬바람 섞여 부는 십일월 초순임에도 어느 들깨
송아리는 이제도 꽃잎을 열고 있다. 공양간 소임을 마치 수행하듯 올곧
게 지켜 내는 삭발 공양주에게도, 거룩한 한살이를 위해 저리 열심인
늦가을 들깨에게도, 찬탄과 감사를 드리지 않을 수 없다.

그리하여 뜬금없이, 복에 겹게도, 귀한 들깨송아리부각을 맛보게 되
었다. 있는 음식만도 종류가 흘러 넘치는 세상에 어줍지 않게 사라진
음식까지 찾아다니는 중생을 위해 공양주 보살이 부러 들깨송아리부
각을 추가하여 저녁 공양을 차려 준 덕분이었다. 참으로 황감한 일이
었다.

그 바삭하게 씹히는 들깨송아리부각의 환상적인 고소함이라니…. 돌
아와 글을 쓰고 있는 지금도 입안에 그 즐거운 미각이 '꼬소소'하게 살
아 침샘을 자극한다. 내년에는 이 중생도 들깨 농사는 꼭 좀 지어보고
싶어진다. 따지고 보면 들깨 송아리는 재료를 구하기가 좀 까다로울 뿐

값은 그리 비싸지 않으면서 그 맛과 영양이 어떤 음식보다 고급한 식재료가 아닌가. 더군다나 들깨는 잎도 먹고 열매도 먹고 송아리까지 먹을 수 있는 다용도 식재료이고, 화분에서도 쉽게 잘 자라는 우리 토종 허브 식물이다. 그러니 구하기가 어렵다면 직접 기를 수밖에.

들깨송아리부각

🧂 재료

덜 익은 들깨 송아리, 찹쌀가루나 통밀가루, 소금, 콩기름

🥄 만들기

1. 들깨 송아리는 흐르는 물에 헹궈 보자기로 닦아 물기를 없앤 다음 찜 솥에서 살짝 쪄낸다.

2. 찹쌀가루 혹은 통밀가루에 소금을 조금(가벼운 밑간이 될 정도의 염도) 넣고 풀을 쑤어 뜨거운 김이 나갈 정도로만 식힌다. 이때 풀의 농도는 좀 무르다 싶은 농도가 좋다. 들깨 송아리를 담갔다 들어 올렸을 때 풀이 한두 방울 흘러 떨어질 정도의 묽기로 하는 것이 적당하고, 풀의 온도도 너무 식으면 농도가 굳어지므로 식기 전에 풀을 묻히는 것이 중요하다.

3. 들깨 송아리를 한 개씩 집어 풀을 골고루 묻힌 다음 널찍한 채반에 서로 붙지 않을 정도의 간격으로 널어 햇살에 말린다.

4. 표면이 꾸덕꾸덕하게 마르면 뒤집어가면서 3∼4일 정도 습기가 완전히 없어질 때까지 잘 말린다.

그리고 그물망에 넣어 서늘한 곳에 보관해둔다.

5. 적당량을 꺼내 끓는 기름에 한 줌씩 넣고 한 번만 휘저어 재빨리 건져 내야 향과 맛이 제대로 튀겨 진다. 먹기 전에 소금 혹은 설탕으로 입맛에 맞는 양념을 추가하면 된다.

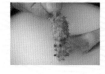

💬 도움말

1. 부각을 만들어서 말릴 때는 햇볕이 강한 날을 잡아 3∼4일 정도 완전히 말려야 한다. 부각이 제대로 마르지 않으면 튀겼을 때 바삭한 맛이 없고, 또 장기간 보관도 어렵다. 그리고 부각 재료는 냉장고를 이용하는 것보다 그물망이나 밀폐 용기에 담아 실내의 서늘한 곳에 보관하는 것이 좋다.

2. 들깨송아리부각은 맛이 고소하고 씹는 맛이 바삭해서 아이들 간식용으로도 매우 좋다.

만 사람의 노고가 깃든 밥상

비자 향 가득한 부엌

고흥 금탑사

비자강정

절집 과자 비자강정

주목과의 상록교목 비자나무는 우리나라에서 예부터 매우 귀한 대접을 받아온 식물이다. 고려 시대때부터 이미 나무의 분포 지역과 조정에 바치는 세공歲功 등에 관한 기록이 남아 있을 정도로 유서가 깊은 명목名木 중의 하나이다. 비자나무는 목질이 단단하면서도 신축성이 있고, 독특한 향과 아름답고 조밀한 무늬에 촉감이 매끄러우며 마찰음은 깊고 맑게 울린다. 더하여 열매는 구충과 통변의 효능으로 왕실에까지 진상되던 약재였다. 목재는 건축과 가구, 바둑판의 최상급 재료로 쓰이고, 열매는 백성들의 구충제로 쓰이니 국가적으로 애지중지 관리할 수밖에 없었다. 지금도 비자나무는 단독으로 있든 숲으로 있든 거의 모두 천연기념물 아니면 신목神木으로 등재될 정도로 특별한 보호를 받고 있다. 그중에 제주 비자림과 해남의 해남 윤씨 종림을 제외한 대부분의 비자 숲이 남도권의 천년고찰 경내에 조성된 사찰림이다. 짐작컨대 비자나

무는 이 땅에 전래된 초기부터 우리 불교와 깊은 인연을 맺어 왔음을 알 수 있다. 그리하여 조선 왕조의 억불정책이 횡행하던 시절, 관으로부터 학승들까지 강정 만들기를 종용받던 핍진한 내막 속에 그 쌉싸래한 열매가 어렵사리 '절집 과자'로 자리매김하게 된 사연이 숨었음직도 하다. 군음식을 피하는 수행승들이 여법한 사찰에서 한과류를 만들게 된 계기가 바로 불교의 위상을 깔아뭉개고 스님들을 욕보이기 위해 짜낸 조선 왕조의 억불정책에서 비롯되었음이니, 구충제로 널리 보급하고도 남은 비자 열매를 대안 식품으로 활용할 연구를 하던 중에 자연스레 '비자강정'이 만들어지지 않았을까, 미루어 짐작이 된다는 말이다.

비자강정을 찾아볼 생각이 난 것은 설 명절이 가까워 오고 있어서만은 아니었다. 고소한 것만도 아니고, 쌉싸래한 것만도 아니고, 달콤한 것만도 아닌 비자강정의 깊고 오묘한 맛과 향을 소개하는 사람들마다 그것이 해남의 녹우당(해남 윤씨 종가)에서만 대물림 되어 오는 '가문 음식'임을 강조하는 것이 진작부터 마음을 흔들던 터였다. 장성 백암산의 백양사 비자 숲, 화순 개천산의 개천사 비자 숲, 나주 덕룡산 불회사의 비자 숲, 고흥 천등산 금탑사의 비자 숲이 모두 천연기념물로 지정된 사찰림이고, 백양사 한 곳에서만도 한 해 거두는 열매의 양이 이십 말을 웃돌았을 정도로 사찰림의 규모가 크다. 양약 구충제가 일반화되기 전인 1960년대까지만 해도 이들 절과 사하촌 주민들이 사찰림의 '비자 열매로 먹고 살았다.'는 말이 회자될 정도다. 구충제로 팔면 돈이 되고, 가루로 빻아 죽과 떡을 만들면 양식이 되고, 강정을 만들면 아이들 간식이 되고, 그러고도 남는 것은 기름을 짜 식용도 하고 등잔불로도 쓰고…. 두루 유익이 큰 비자 열매였다. 다만 양식으로 쓸 경우 호두처럼 과육을 제거하고 나서 딱딱한 씨의 껍질을 깨고 알맹이를 꺼낸 다음 또 한 겹의 속껍질을 벗겨내는, 삼중의 손품을 들여야 하는 번거로움이 있긴 하다. 먹고 사는 것이 풍족해진 이후 비자나무에 둘러싸인 남도의 절집에서조차 그 열매로 만든 음식을 만나기가 쉽지 않은 까닭이기도 하다.

꽤 오랫동안 수소문을 한 끝에 지금도 해마다 비자강정을 만들어 신도들과 나누고 있다는 고흥의 금탑사를 찾았다. 구 년 동안 장좌불와를 실천하고, 맨손으로 오늘의 금탑사를 이뤄낸 서림 큰스님의 미디어 종사자 물리치는 서슬을 익히 알고 있었지만 결행했다. 절집 과자 비자강정을 만들고 있다는 곳이 금탑사 말고는 달리 없었으므로.

벼르고 별러 신도들이 많이 모일 것으로 예상되는 동짓달 법회에 맞춰 절을 찾으니 동안거 중인 스님들은 선원에서 두문불출이고, 신도들은 달랑 두 명만이 참례를 한 상황이다. 유자, 김, 미역 등 고흥 땅에 겨울철 생산물이 특히 많아 질수록 신도들 발길이 줄어든다는 큰스님의 설명에 속이 더 답답해진다. 무연한 척 비자를 들먹이니 '안 그래도 오늘 법회에 신도들이 좀 모이면 비자를 까기로 정했는데 해마다 비자강정을 주동해서 만들고 있는 신도는 팔을 다쳐 치료 중이고, 십몇 년 전만 해도 비자 숲 속이 빤질거릴 정도로 열매를 주워 금탑사 불사를 도와주던 동네 사람들도 요새는 수입 좋은 유자 공장으로 해산물 공장으

로 뛰어다니느라 법회 참례조차 뜸하다.'며, 절 뒤란 비자 숲으로 앞장
을 서신다. 취재는 허탕을 쳤지만 삼백 년 고목 숲의 웅숭깊은 기운에
싸안기니 그것만으로도 좋았다. 그런데 지천에 비자 열매가 널려 있다.
봄에 꽃을 피워 다음해 가을에 결실을 본다는 그 귀한 비자 열매가 떨
어진 그 자리에서 시나브로 삭을 때까지 방치돼 있다니, 난생처음 본
비자 열매임에도 격세지감이 느껴졌다. 어떻게 하겠다는 요량도 없이
무작정 열매들을 주웠다. 중생의 속셈을 꿰뚫어 보았는지 큰스님도 한
움큼을 주워 보태 준다. '그래, 이 귀한 열매를 스님네는 공부에 바빠
돌아보지 않고, 속인들은 배가 불러 돌아보지 않으니 옛 시절 음식이
그리워 찾아다니는 이 중생이 직접 만들어 봄도 뜻 깊지 않겠는가! 불
현듯 한 생각이 객기처럼 솟아났다. 동행한 벗님을 채근하여 불과 몇십
분 만에 비자 열매 두어 됫박을 주워 챙겼다. 이것도 인연이라 여기면
서 천연기념물을 품에 안고 돌아오는 기분이 온온했다.

비자 향 가득한 부엌

금탑사 신도들과 해남 윤씨 종가의 종부에게 만드는 법을 '입전수'받아 직접 비자강정을 만들어 보았다. 과육은 이미 말라 붙어 한 품이 생략됐고, 딱딱한 중간 껍질도 가벼운 나무 망치질로 쉽게 벗겨졌다. 다만 땅콩 크기의 열매를 한 개 한 개씩 따로 깨뜨려야 했으므로 그 시간이 매우 오래 걸렸다. 마지막 떫은맛이 강한 속껍질은 일단 물에 씻어 불린 다음 전통 방법대로라면 우둘투둘한 짚 망태기에 넣고 짚 수세미로 박박 문질러 씻어야 하지만, 지혜로운 경험자들의 도움말 덕분에 프라이팬에 살살 볶아주니 껍질들이 얼추 일어나 부스러졌다. 전해들은 방식 대로라면 그것을 양파 망에 넣고 비벼서 남은 껍질을 흘려 없애는 것이었지만, 해보니 구멍들이 너무 작아 신통치가 않았다. 그래 꾀를 내어 구멍이 좀 넓은 플라스틱 소쿠리에 옮겨 담고 마른 행주로 세게 비벼주면서 흔들었더니 금세 깨끗해졌다. 너무 오랫동안 말라붙어 끝까지 떨어지지 않는 것은(맛을 보니 떫은맛이 많이 가셔진 상태라) 그냥 둔 채 젖은 행주로 알맹이에 묻은 잔부스러기들을 깨끗이 닦아내니 드디어 연갈색으로 잘 볶여진 열매의 속살이 드러났다. 오묘한 비자향도 가득하다.

그 향긋한 비자 열매에 일반 강정 때 쓰는 것과 대동소이한 집청꿀을 만들어 뜨거울 때 묻힌 다음 볶은 콩가루나 검은 통깨, 흰 통깨 등에 굴려 고물을 입혀 먹는 것이 비자강정이다. 열매를 다듬어 장만하는 과정에 손품이 좀 들기는 하지만, 막상 먹어보니 그 번거로운 손품이 조금도 아깝지 않을 정도로 맛이 깊고 은은했다. 쌉싸래하고 고소하면서 달작한 세 가지 맛이 연하게 섞여 있어 씹는 맛과 뒷맛이 모두 담백하다. 그 오묘한 고소함이 서양의 아몬드와는 많이 다르면서도 한편으로는 비견되는 맛이라고나 할까, 먹어도 물리지 않고 씹는 느낌도 좋다. 하기사 천연기념수의 영기가 서린 열매인데 중생이 그 맛에 어찌 촌평을 달랴. 문외한인 중생이 감히 도전해 보기를 잘했다는 자평에 시식해 본 지인들의 찬까지 들으니 올 비자 철엔 좀 본격적으로 준비해서 비자나무숲이 있는 남도의 고찰들을 순례해 볼 다짐마저 생겨난다.

비자강정

🧂 재료

비자 열매, 집청꿀(설탕+물+조청 혹은 꿀+계피
가루), 볶은 콩가루, 볶은 통깨(검은깨, 흰깨)

🥣 만들기

1. 비자 열매의 겉껍질과 중간 껍질을 벗겨낸다.

2. 물에 씻어 한두 시간 불린 다음 프라이팬에 살살
   볶아 주면 속껍질이 일어난다.

3. 속껍질은 떫은맛이 강하므로 양파 망이나 소쿠
   리에 담아 깨끗이 벗겨질 때까지 비벼준다.

4. 열매에 남아있는 먼지를 마른 행주로 깨끗이 닦
   아낸다.

5. 설탕과 생수를 1:1 양으로 끓여 반으로 졸아들면
   불을 끄고 조청 혹은 꿀 두어 숟갈과 계피가루를
   조금 넣고 잘 저어서 집청꿀을 만든다.

6. 집청꿀이 식으면 다듬어 놓은 비자 열매를 한 알
   씩 묻혀 각각 콩가루, 검은깨, 흰깨에 굴려 그릇
   에 담는다.

푸렁밥과 까만밥의 기억

거제 해인정사

톳나물밥

푸렁밥과 까만밥의 기억

작년 봄 고흥 금탑사에서 허탕을 친 톳나물밥을 찾아 다시금 길을 나섰다. 이번에는 거제도 해인정사로 발길을 바꾸어 보았다. 해마다 이맘때면 신도들이 힘을 합쳐 톳을 갈무리하고 있다는 반가운 소식이 있었던 것이다. 거제도에서 나고 자란 덕분에 그곳의 톳나물밥 사정이야 익히 알고 있던 터였다. 어린 시절 봄만 되면 땅의 대표 봄나물인 쑥으로 지은 '푸렁밥'과 바다의 대표 봄나물인 톳으로 지은 '까만밥'을 질리도록 먹으면서 자랐다. 동무를 따라 갔던 학동의 작은 암자에선 집에서보다 더 새까만 톳나물밥도 먹어 보았다. 더욱이나 생선류를 취할 수가 없으니 바닷가 절집에선 그야말로 '밥도 파래, 국도 파래, 장도 파래'라는 빗댐 말 딱 그대로의 사정이었다. 지금이야 참살이 식단입네 뭐네, 건강을 위해 애써 해조류를 찾고 있지만 1960년대까지만 해도 톳은 남해안 갯가 중생들의 밥상에 끼니때마다 올라 허기진 배를 채워주던 대

표적 구황 먹거리였다. 육지의 쑥이 그 시절 구황식물이었듯이 말이다.

톳은 우리나라 바닷가에서 흔하게 볼 수 있고, 또 생장도 빠르기 때문에 지금도 남해안 지방에서는 승속 모두 톳 반찬을 즐겨 먹는다. 주로 뜨거운 물에 살짝 데쳐 된장에 무치거나, 두부를 으깨 넣고 들깻가루와 함께 무치면 영양도 최고이고 풍미도 그만이다. 하지만 시절을 좀 거슬러 올라가면 톳은 나물(반찬)로서가 아니라 오히려 주식인 밥의 부재료로 더 많이 쓰였다는 말이다. 데치거나 말린 톳을 물에 불려 떫은맛과 짙은 색을 우려내고 보리쌀과 함께 밥을 짓는데, 쌀알은 십 리에 한 알, 보리쌀은 오 리에 한 알씩 섞여 있는, 말 그대로의 '까만밥'이었다. 그래도 삭힌 고추 숭숭 썰어 넣고 강된장과 함께 비벼 먹으면 톳나물의 향이 혀끝에 감치면서 꿀떡처럼 넘어간다. 그로써 범보다 무서운 끼니 하나를 무사히 때우곤 했던, 아득한 보릿고개 시절 이야기다.

상긋한 봄 바닷바람 감아도는 산모롱이를 몇 개나 돌아 절 안으로 들어서니 온 도량 안에 매화 향취가 그윽하다. 그런데 안으로 들어갈수록 매향보다 더 짙은 해초 향이 코끝을 파고든다. 짭조름한 갯내음에 상큼하고 쌉쓰름한 향이 더해진 것으로 보아 해초 중에서도 톳이 분명하다. 아니나 다를까, 후원으로 돌아가니 장독대 주변에 톳과 미역이 그득히 널려 있다. 물때가 마침맞은 시기라 어제오늘 신도들이 직접 바다로 나가 채취해 온 것이라는데 그 양이 엄청나다. 톳은 큼직한 고무통 네 개에 그득하고, 미역도 두 통이나 된다. 따로 발라놓은 미역귀 한 아름은 볕살 좋은 장독대 언저리에서 꾸덕꾸덕 마르고 있는 중이고, 저번 물때에 채취해서 바싹하게 말려 놓은 톳도 두 말이나 된다. 스님이 많은 큰 사찰에서도 일 년 살림은 족히 먹고 남을 양이다.

지혜로운 살림의 일등 공신, 톳

톳은 모자반과에 속하는 갈조류 바다 식물로, 겨울에 새순이 자라기 시작하여 이듬해 봄에 바닷가 바위들을 뒤덮어버릴 정도로 무성해지는 다년생 해초다. 그래서 주로 겨울 끝 무렵부터 채취를 시작, 연한 것은 살짝 데쳐 그대로 먹거나 생으로 말려 갈무리하고, 조금 억센 것은 푹 삶아 말려서 갈무리해 두고 사철 내내 먹는다. 지금 해인정사 주지 스님과 신도들이 바로 그 작업을 하고 있는 중이다. 좀 억센 톳은 가마솥에 장작불로 삶아서 건져 널고, 연한 순은 봄볕 따사로운 후원 마당에 자리를 펴고 생것 그대로 펴 널었다. 그 과정만 해도 손품이 적잖이 들었다.

마당울력이 끝나자 신도들은 그대로 손을 모아 점심 공양을 짓기 시작했다. 데친 톳나물에 간장과 참기름, 표고버섯가루, 깨소금, 고춧가루를 넣고 밑간을 한 다음, 일부는 남겨두고 일부만 쌀과 함께 안쳐 밥

을 지었다. 삭힌 고추 숭숭 썰어 양념장을 만들고, 남겨둔 톳나물은 콩나물을 섞어 한 번 더 무쳤다. 뜸이 든 톳나물밥을 양푼에 퍼 담고 그 위에 양념장과 톳나물무침을 얹어 묵은 김치를 곁들이니, 군침 도는 톳나물밥이 금세 차려졌다. 그 특별한 맛을 음미하고 있는 사이, 한 신도가 메밀가루에 두부를 으깨 넣고 지진 톳부침개를 내온다. 밥 속의 톳 맛도, 부침개 속의 톳 맛도, 그 옛날 꽁보리에 톳 투성이로 밥을 지어 강된장에 비벼 먹던 그 맛에 비할 바가 아니다. 톳은 생것일 때는 연한 갈색이다가 데치면 초록이 되고, 푹 삶거나 말리면 검은 갈색으로 변하는데 그 맛도 색의 차이만큼 미묘한 차이가 있다. 오늘 맛 본 톳나물밥은 그 중 두 가지 맛이 함께 감겨있는 '진화된 톳나물밥'이라고나 할까.

격세지감과 함께 만든 이의 지혜에 감탄하고 있는데 주지 자원 스님이 설명을 덧붙인다. 스님과 공양간 일을 돕는 속가 어머니 보살 모두 내륙 태생이라 해조류에 대해 그닥 밝지 못했는데 토박이 신도들과 함께 불사를 이루느라 십여 년을 함께하다 보니 어언 입맛도 손맛도 모두 바닷가 사람이 다 되었단다. 더군다나 신도 중에 거제도 토속음식문화 연구회를 이끄는 요리연구가들까지 있어 각별히 지혜로운 공양간 살림을 꾸릴 수 있었다고 한다. 더더군다나 톳이 칼슘과 각종 무기질의 보고라는 사실이 밝혀지면서 참살이 건강식으로 각광받고 있는 추세임에랴! 사라져 가는 사찰음식 찾아다닌 걸음 중에 제일 뿌듯한 감동이 아닐 수 없었다.

톳나물밥

🧂 재료

톳나물, 불린 쌀, 국간장, 참기름, 표고버섯 가루, 깨소금, 고춧가루, 삭힌 풋고추

🥣 만들기

1. 톳나물은 깨끗이 씻어 팔팔 끓는 물로 얼른 데쳐 낸다.

2. 국간장, 참기름, 표고버섯 가루, 깨소금, 고춧가루를 넣고 조물조물 무쳐 밑간을 한다.

3. 불린 쌀로 밥을 안치고 그 위에 2를 얹어 절반만 밥을 짓는다.

4. 삭힌 풋고추를 숭숭 썰어 간장, 참기름, 깨소금, 고춧가루를 넣고 양념장을 만든다.

5. 비벼 먹을 수 있는 넓적한 그릇에 밥을 퍼 담고, 그 위에 2의 남겨둔 톳나물무침을 얹어 양념장과 함께 비벼 먹는다.

그윽한 느티나무 잎
향내가 진동하고

서울 호압사

느
티
떡

초파일에 먹는 음식, 느티떡

우리 전통의 절기 음식 중에 음력 사월의 절기 음식으로 '느티떡'이
란 것이 있다. 세시풍속에 관한 여러 문헌에 기록으로 나와 있거니와,
특별히 '초파일에 먹는 음식'이란 설명까지 붙어 있다. 부연 설명으로
보면 분명 사찰음식일 것이라 절집을 찾을 때마다 물어 보았지만 좀 연
륜을 지닌 공양주들조차 듣거니 금시초문이란다. 그래도 미련을 버리
지 못하고 이태 동안 수소문을 하고 다녔다. 느티나무의 성질을 보건대
특별히 부처님오신날에 중생들이 해 먹도록 권유되었음직한 이유가 느
껴졌기 때문이다.

느티나무는 은행나무와 함께 천 년을 사는 장수목長壽木이다. 그런 만
큼 재질이 강하고, 무늬는 오묘하며, 가지는 쳐주지 않아도 좌우 고르
게 뻗어 수형이 아름답고, 잎은 가지런히 자란다. 하여 오래된 수령樹齡
은 무병장수를, 우람한 몸통은 강인한 의지를, 정돈된 가지는 조화로운

질서를, 단정한 잎사귀는 예의를 표상한다. 하여 예로부터 우리 조상들의 '마을 나무'로 귀한 대접을 받아왔다. 더군다나 느티나무는 음력 사월 초파일 전후쯤에 연하고 향기로운 잎사귀들이 하늘을 뒤덮듯이 만발하니 사찰음식으로서 과연 때에 맞고 뜻에 맞는 식재료가 아닐 수 없다. 그래서 더욱 미련을 접지 못하고 있었는데 뜻밖에도 올 초파일을 앞두고 안양의 한 지인으로부터 '돌아가신 시어머니한테서 시흥 호압사의 느티떡 이야기를 들은 적이 있다'는 반가운 소식이 날아들었다. 옳다구나 싶었다. 호압사는 절 마당에 오백 년도 넘은 느티나무가 두 그루나 버티고 있고, 그 새끼나무들이 퍼져 나가 절 주변이 온통 느티나무 숲이다. 절호의 기회다 싶어 부랴부랴 소식을 넣으니 마침 느티나무 잎사귀도 한창 연하게 피어 있다며 주지 지정 스님이 흔쾌히 동조를 하신다.

이후부터 일사불란 진행이 되었다. 손품이 많이 드는 쌀가루와 녹두고물은 떡을 전문으로 만드는 신도 집에 부탁을 하고, 진행은 공양주

와 신도들이, 느티나무 잎 따기는 사무장 처사가, 그리고 음식에 일가
견이 있는 광명의 노보살님을 고문으로 모셨다. 듣도 보도 못한 느티떡
'만들어 내기'는 그렇게 시작됐다. 신령스런 느티나무 고목에 사다리를
걸쳐놓고 멀리 호암산 호랑이바위를 배경으로 잎사귀를 따는 일에서부
터, 오지 시루와 그에 맞는 솥을 구해 오고, 어레미에 쌀가루를 내리고,
켜켜로 안치고, 시루를 걸고, 시룻밥을 만들어 붙이고, 베 보자기 위로
뽀얗게 올라오는 김을 지켜보는 일련의 과정들이 모두 신명나고 즐거
웠다. 까맣게 묻혀 버린 사찰음식 한 가지를 되살려 본다는 의미도 새
록새록했다.

떡 모양이 좀 이지러지면 어떻고, 부스러지면 어떠하리

공양간에 그윽한 느티 잎 향내가 진동할 때쯤 드디어 '떡이 다 익
었다.'는 노보살님의 인가가 났다. 공양주를 비롯한 신도들이 기대 반

걱정 반으로 지켜보는 가운데 두 신도가 나서서 한 말 들이 떡시루를 치켜 들었다. 그런데 장골들이 해야 할 일을 여자들 힘으로 하려니 힘이 부쳐 그만 시루를 밀쳐서 내렸고, 아쉽게도 떡 모양이 좀 이지러지고 말았다. 그러자 노보살님이 얼른 나서 대강의 손질을 보더니 김이 무럭무럭 피어 오르고 있는 떡 봉우리에 열 십 자十字로 칼집을 넣고는 한 켜씩 조심스레 덜어내기 시작했다. 다행히 더 이상 부스러지지 않아 모두들 안도의 숨을 쉬었다. 비로소 느티떡의 완성을 본 것이었다. 먼저 법당의 불단과 마당의 보호수 앞에 한 접시씩 올려 신고를 하고는 중생들도 한 조각씩 나누어 맛을 보았다. 난생처음 먹어 본 느티떡의 부드러운 맛이라니! 그것은 기대 이상이었다. 잎사귀가 조금 질길지도 모르겠다는 우리 모두의 예상을 뒤엎고, 그윽한 향기만 아니라면 느티

잎이 들어 있는지도 모를 만큼 씹는 맛이 부드러웠다.

떡 맛을 본 신도들은 이구동성의 촌평을 했다. 이렇게 환상적인 맛을 내는 절기 음식이, 더군다나 초파일에 먹는 사찰 전통 음식이 그동안 그렇게 까맣게 잊혀져 있었다는 게 안타깝다고. 더군다나 생 잎을 씻기만 해서 섞는 것이니 부재료를 섞어 만드는 여느 설기떡에 비해 만들기도 그리 까다롭지 않은데 말이다. 하여 이제부터라도 느티떡을 호압사의 '대표 음식'으로 만들어 초파일마다 그 맛을 나누어야 하지 않겠느냐고, 서로 언질들을 주고받았다. 부디 그리 되기를 바라는 마음으로 느티떡 만들어 낸 과정을 좀 자세하게 덧붙여두고자 한다.

느티떡

재료

맵쌀 20컵, 느티나무 어린 잎 2000그램, 백설탕
1.5컵, 생수 1.5컵, 간 녹두 10컵, 소금 5숟갈(녹두
고물용 2숟갈 포함)

만들기

1. 맵쌀은 깨끗이 씻어 하룻밤 물에 불렸다가 건져
   소금을 3숟갈 정도 넣고 가루로 빻는다.

2. 녹두는 깨끗이 씻어 따뜻한 물에 담가 하룻밤 정
   도 불린다.

3. 불린 녹두를 손으로 잘 비벼 남아 있는 껍질까지
   깨끗이 벗긴 다음 찜 솥에 보자기를 깔고 1시간
   이상 푹 찐다.

4. 녹두를 손으로 만졌을 때 으깨질 정도가 되면 넓
   은 대야에 쏟아 붓는다. 그리고 소금을 2숟갈 정
   도 넣고 방망이 등으로 잘 으깬 다음 어레미에
   내려 부드러운 고물을 만든다.

5. 느티나무 잎은 부드러운 것만 따서 깨끗이 씻은
   다음 마른 행주로 물기를 대충 닦아낸다.

6. 생수와 설탕으로 시럽을 만들어 쌀가루에 붓고
   손으로 고루 비벼서 촉촉한 가루를 만든 다음 어
   레미에 내려 부드러운 떡가루를 만든다.

7. 5와 6을 큰 대야에 담고 잎과 가루가 한 덩어리
   로 뭉치지 않도록 골고루 섞는다.

8. 시루에 시룻방석과 삼베 보자기를 깔고 4의 고물
   한 층, 7의 떡가루 한 층씩을 교대로 얹은 다음 맨
   위를 베 보자기로 덮어 주고, 물을 반쯤 채운 솥에
   시루를 건다. 이때 떡가루는 조금 남겨둔다.

9. 남겨 둔 떡가루를 이겨서 시룻밥을 만든 다음 시
   루와 솥 사이의 틈새가 나지 않도록 꼼꼼하게 붙
   여 주고 강한 불로 익힌다. 이때 시루 뚜껑은 닫
   지 않는다.

10. 시루에서 김이 나기 시작하면서 떡가루가 조금
    씩 꺼져 내려가는데 이때부터 시루 뚜껑을 덮어
    계속 익힌다.

11. 40분~1시간 정도 김을 올린 다음 젓가락으로 떡을 찔러 흰 쌀가루가 묻어나오지 않으면 불을 끄고 뚜껑을 열어 뜸을 잠깐 들인다.

12. 편편한 바닥에 보자기 등을 깔아 놓고 시루를 거꾸로 쳐들어 떡을 쏟는다(이때 잘못하면 떡의 형태가 망가지므로 조심한다).

13. 칼로 적당한 크기로 잘라 한 켜씩 덜어 낸다.

🗨 도움말

쌀가루에 다른 부재료를 섞어 찌는 설기떡은 쌀가루만으로 만드는 설기보다 켜를 훨씬 더 두툼하게 하는 것이 좋다. 특히 느티 설기의 경우에는 느티 잎을 쌀가루에 섞지 말고 쌀가루 사이에 따로 켜를 만들어 끼워 넣는 것도 괜찮고, 녹두고물 대신 같은 방법으로 팥고물을 만들어 써도 좋다. 다만 떡의 켜가 두터울수록 고물 켜도 넉넉하게 깔아야 한다.

슬몃슬몃 놓아버린
옛사람들의 지혜

거제 백련암

우무콩국과 우무막지

우뭇가사리 설화

허기에 지친 한 스님이 보리밭 사잇길에서 그만 참지 못하고 청보리 이삭 세 개를 따 먹고 말았다. 토실하게 여문 청보리 알을 맛나게 씹고 있던 스님은 그제야 아차 하는 뉘우침이 왔지만 이미 때는 늦었다. 마음을 다잡고 곰곰이 죄업 씻을 방도를 찾고 있던 스님은 스스로 소가 되어 보리밭 주인집의 농사를 지어 주어야 한다는 과보를 내렸다. 그리하여 소의 몸으로 변한 스님은 보리밭 주인집을 찾아가 청보리 이삭 하나에 일 년씩, 삼 년을 꼬박 채우고는 어느 날 황금빛 쇠똥에 글 한 줄을 써 놓고 홀연히 집을 떠났다. 주인이 놀라 그 글을 해독해보니 '내일 밤 도적 떼가 몰려올 테니 기꺼이 영접하여 환대하라.'는 것이었다. 이상히 여기면서도 원체 살림을 많이 불려 준 신령스런 소였던지라 주인은 그 말을 따르기로 했다. 시킨 대로 진수성찬을 차려 놓고 기다리니 과연 도적 떼가 들이닥친다. 주인은 공경스런 마음으로 영접을 했다.

도적 떼의 두 눈이 휘둥그레지고 말았다. 천하의 인간 말종들한테 가당키나 한 대접이란 말인가. 아무래도 미심쩍어 주인에게 자초지종을 캐물은 도적 떼는 즉각 소의 발자국을 톺아갔다. 그런데 발자국이 끝난 자리에 누런 쇠가죽만 놓여 있어 살펴 보니 다음과 같은 글귀가 씌어 있다. '수행하는 중이 길을 가다 탐스러운 청보리를 보고 저도 모르게 세 이삭을 따 먹었습니다. 힘들여 농사 지은 남의 곡식을 훔쳐 먹은 과보로써 삼 년 동안 소가 되어 은혜를 갚고 가는 것이니 부디 이 가죽을 남해 바다에 던져 주시오. 그러면 가죽이 삭아 우뭇가사리로 피어날 것인즉 그것을 거두어 끓이거나 말렸다가 열뇌熱惱에 시달리는 중생들의 열과 더위를 식히는 약(한천)으로 쓰도록 하시오.' 이에 도석들은 크게 뉘우쳐 그 길로 모두 지리산으로 들어가 중이 되었고, 쇠가죽을 던져 넣은 남해 바닷가에는 해마다 붉은 우뭇가사리가 무성하게 피어났다고 한다.

경상도 어촌마을에 흘러 다니는 불교 설화 한 토막인데 재미 있는

것은 붉은 색 바닷말의 하나인 우뭇가사리의 '탄생 설화'로 전파되고 있다는 점이다. 그래서인지 우뭇가사리는 유독 남해 바닷가에 많이 나고, 우뭇가사리를 끓여 만드는 우무 요리도 우무콩국, 우무막지, 우무장아찌, 우무미역냉국, 우무된장국 등 주로 경상도 남해안 지방의 사찰과 민가에서 즐겨 먹는 토속 음식으로 발달돼 왔다. 지금이사 우무가 최고의 다이어트 식품으로 알려지는 바람에 전국적으로 각광을 받고 있지만, 몇십 년 전까지만 해도 경상도 남해안 지방에서만 즐겨 먹는 여름 별식이었던 것이다.

설화에서 이미 지적하였듯이 우뭇가사리로 만든 우무 요리는 열과 더위를 다스리는데 더 없이 좋은 식품이다. 더하여 설화를 뒷받침이라도 하듯 우뭇가사리를 끓여 추출하는 우무의 한자말은 그 이름까지 우주적 한기를 느끼게 하는 한천寒天이다. 그만큼 열량이 없다는 이야기다. 그러면서도 배를 허기지지 않게 채워 주고, 체내의 나트륨과 콜레스테롤이 흡수되는 것을 막아주며, 몸속의 노폐물을 깨끗하게 씻어

내는, 대단히 이로운 작용을 한다. 콩의 단백질을 곁들인 시원한 우무콩국 한 그릇을 절집의 여름 보약으로 쳤던 까닭이 여기에 있다. 그리하여 옛사람들은 한여름 뙤약볕을 마다 않고 사흘들이 가마솥에 불을 지펴 우무를 고았다. 붉은색이 흰색이 되도록 씻어 바래기를 하는 과정은 차치하고, 우무 한 솥을 고아 굳히는 데에만 거의 하루가 걸리는 작업인데도 말이다.

그래서인지 시대가 바뀌어 우무도 두부처럼 공장에서 찍어 내는 요즘에는 절집에서조차 우뭇가사리를 씻어 햇볕에 바래기를 거듭하여 끓이는 전통식은 어느 결에 자취를 감추고 말았다. 하지만 손으로 문지르고 방망이로 두드려가며 씻고 말리기를 거듭한 우뭇가사리를 서너 시간 뭉근하게 고아 만든 수제 우무의 참맛을 어찌 공장 우무에 비길 수 있으리. 티 하나 없이 말갛게 빚어진 그 미끈한 공장 우무가 사실인즉 표백제의 작용으로 된 것임에랴.

그 추억의 우무콩국을 찾아 경상도 남해안 지방을 수소문한 끝에 거

제 동부면의 고찰 백련암에서 귀한 소식을 들었다. 삼십 년 법랍法臘이 무색해 보일 정도로 소녀 같아 뵈는 주지 스님이 손수 살림을 꾸려 나가는 작은 암자였다. 스님은 땀에 절은 중생을 위해 미리 만들어 놓은 우무로 시원한 콩국부터 만들기 시작한다. 늙은 소나무 사이로 향기로운 바람이 솔솔 불어오는 시원한 마루 끝에 앉아, 스님은 우무를 썰고 중생은 추억을 더듬었다. 어레미에 내리는 것이 일도 쉽고, 올도 고울 테지만 그래도 어디 손맛만큼이야 할까 보냐며 스님은 가지런히 우무 채를 썰어놓는다.

만천 것을 너무 쉽게 취할 수 있기에 귀찮다고, 복잡하다고, 바쁘다고, 시대에 맞지 않아 아무도 찾지 않는다고, 너도나도 슬몃슬몃 놓아 버린 옛사람들의 지혜로운 식생활에 대한 법문이 오랫동안 이어졌다. 이제 와서 한천이 비만과 변비, 고지혈증, 당뇨에 뛰어난 효능을 지닌 식품임이 속속 밝혀지고 있지만 절집에서는 이미 아득한 옛날에 그 효능을 꿰뚫어보고 한천寒天이라 이름 지었던 것이라고, 그러면서 절집에

흔하면서도 귀한 반찬인 우무막지와 우무장아찌 소개도 잊지 않는다.
식생활의 지혜는 널리 알릴수록 만인이 이롭게 되는 것이므로 사양할
이유가 없기도 하다.

우무

🧂 재료

우뭇가사리 100그램, 물 5리터

🥄 만들기

1. 우뭇가사리를 씻어 햇볕에 말리기를 여러 번 거듭한다. 이 과정에서 뿌리에 붙은 모래, 조개 껍데기 등의 이물질은 방망이로 두드리거나 손으로 주물러 깨끗이 제거해야 하며, 우뭇가사리의 붉은 색이 흰색이 될 때까지 씻어 말리기를 반복해야 한다.

2. 하얗게 건조시킨 우뭇가사리 100그램에 물 5리터를 붓고 중불에서 한 시간 정도 끓이다가 약불에서 한 시간 정도 더 끓인다.

3. 손으로 만져 보아 국물의 끈적거림이 진하게 느껴지는 상태에서 2를 고운체로 걸러 건더기는 따로 두고 국물만 넓은 대야에 담아 식힌다.

4. 3～4시간 정도 지나면 우무가 완성된다. 적당한 크기로 잘라 물에 담가 두면 냉장고에 넣지 않아도 장기간 저장이 가능하다.

우무콩국 · 우무막지 · 우무짱아찌

〈우무콩국〉

1. 흰콩을 깨끗이 씻어 하룻밤 정도 불려둔다.
2. 충분히 불린 상태에서 손으로 콩을 조물거려 겉
   껍질을 모두 벗겨낸다.
3. 20분 정도 끓여 콩이 적당히 익으면 한숨 식혔다
   가 냉수와 함께 믹서로 곱게 갈아 냉장 보관해두
   고 쓴다(콩을 너무 익히면 고소한 맛이 없어지니
   조심한다).

🗨 도움말

우무콩국은 차게 만들어 놓은 콩국에 우무를 어
레미로 내리거나 칼로 채를 썰어 넣고 소금 간을
한 다음 오이 채, 깨소금 등의 고명을 얹어 먹으
면 된다.

〈우무막지〉

1. 우무를 만들 때 걸러 둔 건더기에 물 1리터를 붓
   고 국 간장으로 간을 맞춰 약불에서 1시간 정도
   끓인다.
2. 걸쭉해지면 고운체에 받혀 국물만 넓은 대야에
   담아 식힌다. 이때 건더기를 체에 거르지 말고 국
   물과 함께 부어 굳히는 것도 괜찮다.
3. 완전히 굳으면 적당한 크기로 잘라 보관해두고
   먹는다.

〈우무장아찌〉

1. 완성된 우무를 적당한 크기로 잘라 물기를 닦은
   다음 고추장이나 된장에 그대로 박아두면 된다.
   한 달 정도 지나면 먹을 수 있다.

은근한 메주 냄새가
코끝에 잡혀

부여 보리사

쩜
장

은근한 메주 냄새가 코끝에 잡혀

우무를 취재하러 간 거제도 백련암에서 난생처음 '쩜장'이란 된장을 먹어 보았다. 이름도 생소하고 맛도 생소한 장류였는데 그만 첫입에 혹하고 말았다. 첫맛은 달작하게 당기고, 뒷맛은 깔끔하게 가셔주는 것이 여간 신통한 맛이 아니다. 된장이면서 짜지도 않다. 끓이지도 않고, 다른 양념도 넣지 않고, 생 그대로 먹으니 된장에서 생성되는 그 좋은 효모균들을 고스란히 섭취하는 이점까지 있다. 놓칠세라 스님을 붙잡고 만드는 법을 캐물었더니 놀랍게도 부여 보리사의 창건주인 승우 노스님의 묵은 손맛이란다.

예사로운 정보가 아닌지라 옷깃을 여미어 잡고 보리사로 달려갔다. 깔끔하게 단장된 경내로 들어서는데 벌써부터 은근한 메주 냄새가 코끝에 잡혀 온다. 시원스럽고 넉넉한 터에 구석마다 가을꽃이 흐드러지게 피었음에도 그 향내를 압도하고 달려오는 뜸팡이 내음이 반갑기 그

지없다. 해마다 가을 초입에 메주를 띄우기 시작한다더니, 크게 궁리하지 않고 나선 길임에도 시절 한번 잘 맞춘 것 같다. 더하여 승우 노스님까지 불청 중생을 자애롭게 맞아 주신다.

쩜장의 비법도 비법이었지만, 친정어머니가 시집간 딸네들에 그러하듯 손수 담근 쩜장을 팔도에 흩어진 상좌들에게 해마다 한 통씩 챙겨 보내고 있다는 노스님의 얼굴도 자못 궁금하였는데, 뵙고 보니 보는 중생의 마음 밭을 단박에 환하게 만들어 버리는 천진불 모습이다. 일흔 몇 해를 얼마나 바지런히 살아오셨는지, 닳은 손마디와 줄어든 몸체를 보니 그 사정을 훤히 알겠다. 귀한 인연에 감사함이 솟구쳐 웃음이 절로 난다. 뜬금없이 빙긋빙긋 웃어 대는 중생이 귀여운지, 천진불 노스님은 묻기도 전에 쩜장의 유래와 비법을 술술 털어놓으신다.

쩜장은 충청도식 쌈장으로 다른 지방의 막장과 비슷한 장류이다. 다만 막장에서 주로 사용하는 보리 대신 참밀과 찹쌀을 쓰는 것과 메주를 만들고 띄우는 과정이 좀 색다르다. 그리고 여느 장류와는 달리 전

혀 짜지 않게 담근다. 그래서 냉장고가 없던 옛 시절에는 쩜장용 메줏
가루를 보관하면서 필요한 때에 필요한 양만 만들어 먹는 특별한 반찬
이었다.

노스님 손끝에서 오롯이 살아남아

쩜장은 끓이지 않고 생으로만 먹는다. 아무런 양념을 하지 않고 먹
어도 감치는 맛이 그만이다. 푸성귀는 산에서 나는 것이건 들에서 나
는 것이건 쌈 맛이 잘 어울리고, 바다에서 나는 해초들과도 맛이 잘 어
울린다. 데친 나물 무치는데, 나물밥 비비는데, 풋고추 찍어 먹는데에
도 쩜장 하나면 맛 걱정이 없다. 속가에서 어린 시절, 그런 쩜장이 있어
시커먼 꽁보리밥을 꿀맛처럼 먹을 수 있었고, 그리고 어떤 거친 음식
도 쩜장과 함께 먹으면 거뜬하게 소화가 된다는 것을 노스님은 기억하
고 있었다. 하여 출가한 뒤에도 그 좋은 것을 대중과 나누고자 어렵사

리 쩜장을 만들게 되었고 먹어 본 스님들이 그 순한 맛을 좋아하여 오늘까지 이어오게 된 것이란다. 변덕 심한 세간에서는 이미 오래전에 묻혀 버린 좋은 토종 음식 한 가지가 눈 밝은 노스님의 손끝에서 오롯이 살아 남아 귀한 맥을 잇고 있으니 얼마나 다행인지 모르겠다.

그 귀한 맛보시를 위해 노스님은 보리사 후원에 황토로 벽을 친 '쩜장요사채'를 따로 만들었고, 상좌 스님들과 손상좌 스님들은 가을마다 법복 소매를 걷어붙이고 쩜장 울력에 정성을 다한다. 하지만 올해도 쩜장울력의 선봉장은 노스님이 맡았다. 경상도에서 구해 온 참밀 여섯 말에 청정한 부여 땅에서 자란 우리 콩 서 말로 만든 '쩜장 메주'가 바야흐로 까무스레한 뜸팡이 꽃을 솔솔 피워 올리고 있는 쩜장 요사채 황토방에 상기도 지킴이를 자청하고 앉아 계신다.

한사코 쥐여주는 쩜장 한 통을 염치없이 받아들고 일어서는데 과묵하시던 노스님이 처음이자 마지막으로 긴 말씀을 전해준다. "영양소니 효소니 하는 것 난 몰라요. 그런데 소화 잘되는 것은 지금껏 겪어 왔으

니 확실하게 알지요. 쩜장 메줏가루에 찰밥 한 솥을 부어 넣고 치대다
보면 장이 채 만들어지기도 전에 밥 한 솥이 다 삭아버리고 흔적도 없
어져요. 어떤 신도가 항암제 때문에 먹는 음식마다 토하는 환자한테 쩜
장을 권했더니 토기도 없어지고 소화도 잘돼 이젠 쩜장만 먹는대요. 그
소문 듣고 찾아오는 사람도 많아요. 그러니 이래 좋은 음식, 많은 사람
들한테 전해지도록 쩜장 만드는 법 좀 자세하게 써서 세상에 많이 퍼뜨
려 주세요."

돌아와 지인들을 모아 놓고 쩜장 시식회를 가졌는데 모두들 그 달작
하고 깔끔한 뒷맛을 찬탄하며 만드는 법을 캐물었다. 소화력 역시 이구
동성 찬탄해 마지않아 일 중에 보람이 컸다.

쩜장

🧂 재료

참밀, 메주콩, 찹쌀, 고춧가루, 천일염

🥘 만들기

1. 메주콩은 깨끗이 씻어 하룻밤 정도 물에 불려 소쿠리에 건져놓고, 참밀은 불리지 않고 깨끗이 씻어 소쿠리에 건진다. 이때 참밀과 메주콩의 비율은 2:1로 하는 것이 적당하다.

2. 불린 메주콩과 참밀을 가루로 빻은 다음 쪄서 인절미 같은 떡을 만든다.

3. 참밀 콩떡을 적당한 크기의 덩이로 뭉쳐 메주를 만든다.

4. 따뜻한 온도의 실내에 깨끗한 볏짚을 깔고 메주를 놓은 다음 위에도 볏짚을 넉넉하게 덮어 20일 정도 띄운다.

5. 겉면이 아주 새까만 곰팡이로 뒤덮이면 메주를 물에 넣고 표면의 검은 곰팡이를 깨끗이 닦아낸다.

7. 씻은 메주를 절구에 으깨어 말린 다음 곱게 빻아 메줏가루를 만든다.

8. 찹쌀로 밥을 짓는다. 이때 찹쌀의 양은 메줏가루 양의 절반 정도가 적당하다.

9. 3년 이상 묵혀 간수를 뺀 천일염으로 소금물을 만들어 끓여 식힌다. 이때 간은 일반 된장에 비해 훨씬 싱겁게 맞춘다.

10. 큰 대야에 찰밥, 메줏가루, 고춧가루, 소금물을 넣고 고추장 담그듯이 골고루 치대주면 쩜장이 완성된다.

11. 담근 즉시 바로 먹어도 되지만 서늘한 곳에서 15일 정도 숙성시킨 다음 냉장 보관하면서 다른 첨가물 없이 생 그대로 쌈장, 비빔장 등으로 먹는다.

묘한 인연에 힘을 얻고

고성 문수암

빼대기죽

참살이 음식, 고구마

고구마 뻿대기 고구마 뻿대기
말랐다 말랐다 고구마 뻿대기.

경상도 남쪽지방에서 어린 시절을 보낸 사람들은 기억이 새로워질 고무줄 놀이용 노래다. 노랫말 속에 나오는 '뻿대기'라는 말은 당연히 남녘 경상도에서만 통용되는 고구마 말랭이의 지방말로 전라도에선 '빼깽이'라고 부른다. 생고구마를 모양대로 얇게 썰어서 햇볕에 말리면 형태가 삐뚤삐뚤 비틀어져 버리는데 그 모양새를 빗대어 일컫게 된 이름씨이다. 지금이야 고구마의 탁월한 영양소와 효능이 널리 알려져 미래지향적 참살이 음식으로 주목을 받고 있지만, 조선 영조 대에 우리나라로 들어온 이래 고구마는 오랫동안 우리 조상들이 주식 대용으로 먹어 온 구황작물이었다. 특히 쌀농사를 천수답에 의존하던 시절, 물이

귀한 산간 지방과 도서 지방에서는 고구마로 끼니를 때우는 게 그야말로 다반사였다.

고구마를 주식으로 하자면 장기 보존을 해야 하는데 수분이 칠십 퍼센트가 넘는 고구마를 장기 보존하자니 얇게 썰어서 말리는 방법, 즉 뺏대기를 만드는 수밖에 없었고, 이 뺏대기로 만들 수 있는 음식이 죽 아니면 범벅이었다. 그런데 다른 구황 먹거리들과는 달리 뺏대기죽은 달고 구수한 맛이 있어 봄철 보릿고개를 넘기는데 매우 요긴한 양식으로 쓰였다. 뺏대기가 많이 들어가는 범벅은 한 철에 한두 번 특별식으로 먹었고, 뺏대기 한 줌에 울콩 한 줌, 좁쌀 한 줌을 곁들이고는 물을 한 솥 그득하게 부어 끓이는 멀건 뺏대기죽도 초근목피로 며칠을 견딘 다음에나 먹을 수 있던 귀한 음식이었다.

사찰 옛 음식을 찾아다니던 중에 남해 섬지방의 작은 암자들에서 이 뺏대기죽과 범벅을 추천받은 적이 있어 때를 기다리고 있었는데 막상 취재를 나서려니 절집들마다 공양간 사정이 여의치가 않다. 고구마의 생산량도 많거니와 맛이 좋기로도 소문난 경상도 남해 욕지도의 절집과 전라도 해남 인근 절집들을 찾아보았으나 줄을 잇고 있는 참배객들의 기도 바라지로 도저히 짬을 낼 수 없단다. 뺏대기죽을 제대로 끓이려면 뺏대기 익히는 데만 두세 시간이 족히 들기 때문이다.

몇 년째 토종 사찰음식을 찾아다니면서 느낀 것은 한 삼사십 년만 거슬러 올라가면 오신채와 동물성 식재료를 안 쓰는 것 외엔 승속의 음식이 다를 것이 없었다는 점이다. 그런데 시절 변화에 흔들림이 없는 절집에서 옛 먹거리와 옛 조리 방식을 고수해오다 보니 우리 토종 음식이 모두 사찰식 음식으로 명명되어 남겨진 감이 없다. 하지만 이제 절집 공양간도 사정이 달라지고 있다. 젊은 수행자들의 입맛도 이유가 될 것이지만 신도들 바라지할 일이 늘어나면서 공양간 살림을 속인들이 맡게 된 게 가장 큰 이유인 것 같다. 세간의 습에 익숙해진 젊은 공양주들이 사찰의 전통 음식을 잘 모르기도 하거니와 천천히 온전하게 만들어야 되는 조리 과정 자체를 기피하기 때문이다. 온갖 식재료가 넘쳐나는

것도 이유가 될 것이다. 그래서 잊혀가는 사찰음식이 늘고 있고, 뺏대
기죽과 같이 시간이 많이 드는 음식은 잊혀가는 것이 아니라 아예 묻혀
버리고 있는 사정이다.

묘한 인연에 힘을 얻다

명품 고구마 생산지로 소문난 욕지도의 경우, 고구마가 '좋은 음식'
으로 각광받고 있는 시대 추세에 맞춰 뺏대기죽을 관광 상품으로 만들
어 다시금 집집마다 뺏대기죽을 끓이고 있는데 비해 오히려 절집에서
는 재 지낼 음식 만드느라 뺏대기죽 끓일 시간이 없다는 것이다. 이런
사정들이 안타까워 못내 포기하지 못하고 있는데 드디어 고성 문수암
의 공양주가 시연을 허락해 주었다. 절 공양간 살림을 맡은 지는 오래

되지 않았지만 젊은 시절 시댁에서 뻣대기죽을 많이 끓여 보았다며 일
단 시간은 만들어보겠으니 뻣대기를 직접 구해 오라고 했다. 요즘 사정
에 절집에서 뻣대기를 만들어 놓았을 리 없으니 당연한 일이었다.

고마운 마음에 뻣대기 노래를 흥얼거리며 고성으로 향했다. 가는 길
목에 있는 고성 장에 들러 뻣대기를 찾아보니 마침 한 난전 어르신이
올 햇 뻣대기가 얼추 말라가고 있다며 집으로 안내한다. 예전 이맘때면
온 동네 지붕과 산 밑 언덕배기가 하얗게 변할 정도로 뻣대기를 말리던
것에 비하면 조촐하기 짝이 없는 양이지만 모처럼 마당에 널려 있는 뻣
대기를 보니 반갑기 그지없다. 먹거리가 흔한 시절이라 껍데기까지 깨
끗하게 깎아 말린 것을 보니 격세지감도 크다. 뻣대기 한 덕석을 떨이
로 사들고 문수암으로 올랐다. 고맙게도 뻣대기 구한 동네의 지척에 문
수암이 있었고, 난전 어르신도 문수암의 신도라고 했다. 하는 일이 꽤
까다로워 의욕을 잃다가도 이런 묘한 인연을 만나면 다시금 힘이 난다.
제 할 일이니 이리 맞아 돌아가는 것 아니겠는가.

그림 같은 다도해의 운치 어린 풍경이 훤히 조망되는 지혜의 문수암에 다다르니 이건 또 무슨 조화 속인지 후원 마당에 뺏대기가 한 덕석 말라가고 있는 중이다. 공양주 보살이 올겨울 신도들에게 뺏대기죽을 맛보여 드리려고 일부러 만들어 놓았다는 설명이다. 그러구러 뺏대기죽은 순조로이 만들어졌다. 후원 뒷마당에 내걸린 무쇠가마솥에 그득히 뺏대기를 안치고 장작불로 두세 시간 은근하게 고는 옛날식에 비할 바는 아니지만 뺏대기와 울콩을 두 시간 넘게 고아 좁쌀 한 줌을 넣고 다시 죽을 끓이는 과정은 온전하게 재현되었다. 혹시나 싶어 설탕을 넣지 않고 맛을 보니 단맛은 예전 뺏대기에 비해 좀 떨어지지만 구수한 맛은 오히려 나은 것 같다.

어렵사리 재현해 본 뺏대기죽이 문수암에서만이라도 그 맥을 유지해 나가기를 빈다. 미국 나사에서 우주 음식으로까지 선정한 미래 지향적 먹거리인 고구마를 장기 보존하면서 맛있게 먹을 수 있는 지혜로운 조리법을 이대로 묻어 놓을 수는 없지 않겠는가.

뺏대기죽

🧂 재료

뺏대기 200그램, 울콩(동부) 1컵, 차조 1컵, 설탕, 소금

🥣 만들기

1. 뺏대기와 울콩을 흐르는 물에 깨끗이 헹군 후 물을 5배 정도 되게 넉넉하게 붓고 2~3시간 동안 푹 곤다. 이때 식소다를 조금 넣으면 뺏대기가 빨리 물러지고 맛도 구수해져서 좋다. 하지만 소다의 양이 맞지 않으면 죽 맛을 버릴 수 있으므로 양을 아주 조금만 넣도록 한다.

2. 차조는 물에 씻어 소쿠리에 건져놓는다.

3. 1의 뺏대기가 충분히 물러지면 주걱으로 대충 으깬 다음, 차조를 넣고 저어주며 익을 때까지 끓인다. 이때 차조 대신 찹쌀가루를 넣어도 좋다.

4. 차조가 익어 죽이 걸쭉해지면 설탕으로 간을 하여 먹는다. 이때 소금을 아주 조금만 넣어주면 단맛이 더 깊어진다.

지상에서 가장 겸허하고 청빈한 식사

고소한 맛과
화사한 색의 향연

영주 초암사

참마백꽃전

마에 관한 이야기 하나

임진왜란 때 사명대사가 이끌던 승병들이 적의 대군에 밀려 인근 산으로 숨어들게 되었다. 음력 십일월 동지 무렵이라 산에서 구해 먹을 것이라곤 도토리 한 알 남아 있지 않았다. 왜군들은 승병대가 추위와 굶주림에 지칠 때까지 마을에서 기다리기로 했다. 제아무리 도력이 뛰어난 사명대사라 할지라도 동짓달 산속에서 기백명의 승병들을 건사시킬 방도가 있겠는가. 드디어 이레째 되던 날, 왜군들은 기고만장 산으로 쳐들어갔다. 그런데 이게 웬일인가. 다 죽어갈 줄 알았던 승병들이 힘이 펄펄하여 일당백으로 왜군들을 무찌르는 것이었다. 왜군 대대 병력은 대패하고 승병 소대는 대승했다. 알고 본즉 사명대사가 깊은 땅속에서 어떤 식물의 뿌리를 캐 승병들에게 먹게 했는데 그게 바로 마였다는 이야기다. 산마는 동지 무렵이 돼야 알이 토실하게 야물어 있는데 사명대사가 그것을 꿰뚫어 보았던 것이고, 그 뒤부터 한방에서 마를

'산에서 구한 약'이라는 뜻의 산약山藥이라 부르게 되었다고 한다.

마에 관한 이야기 둘

백제의 무왕은 왕위에 오르기 전 서동이라는 이름으로 불렸고, 「서동요」라는 노래를 지어 퍼뜨려 적국인 신라의 선화공주와 결혼까지 하게 된다. 그런데 서동薯童의 薯가 마를 뜻하는 한자이니 서동은 곧 마를 캐 팔러 다니는 아이라는 뜻이다. 마를 캐 팔러 다니는 직업이라면 당연히 그 자신도 마를 장복한다는 얘기이고, 이는 곧 정기가 넘치고 힘이 넘치는 남자라는 뜻이 숨어 있다. 아버지 진평왕이 「서동요」를 듣고 선화공주의 행실을 문제 삼은 것도 그 때문이고, 선화공주가 얼굴도 모르는 서동에게 무작정 끌린 것도 그 때문이지 싶다. 어쨌든 마와 인연이 깊은 무왕이 백제의 대찰 미륵사를 세웠고, 그 어마어마한 사지寺址가 익산에 현존하니 마와 우리 불교의 인연은 깊다면 깊다 할 수 있다.

　마는 산삼에 비견될 만큼 좋은 약성을 지녔다. 하지만 산삼처럼 숨어 있지 않고 습하지 않은 땅이면 우리나라 어느 산자락에서나 볼 수 있는 덩굴식물이다. 절이 산에 있고 마가 산에서 나오니 눈 밝은 스님들이 그 좋은 성분을 몰라볼 리 없었고, 당연 우리 사찰음식에는 예부터 익히 쓰이던 식재료였다. 전도 만들고 찜도 만들고, 떡도 만들고, 밥도 만들고, 고구마처럼 쪄도 먹고, 생으로도 먹고, 가루로도 먹었다. 마의 약성이 부드럽고 맛이 달아 일찌감치 한 끼의 양식으로 삼기 위한 조리법이 연구되었음이다. 그런 마가 산을 떠나 세간으로 내려가고 있다. 동짓달 얼락 말락 하는 땅을 깊이 파고, 일일이 한 뿌리씩 캐내야 하는 수고를 들일만큼 먹거리가 궁핍한 시절이 아니니 절집 주변 야생 마는 저 홀로 피고 진다. 반면에 참살이를 좇으려는 세간에서는 당뇨에 좋고, 건위에 좋고, 강장에 좋다 하여 야생 마의 종자를 받아다 대단위로 재배를 하면서 산사의 전유물 같던 마 요리를 오만 가지 개발해서 퍼뜨리고 있다. 더러는 그렇게 재배된 마가 역으로 산사로 올라가는 추세이니 격세지감이 아닐 수 없다.

그러나 한편 오롯하게 지켜지고 있는 곳도 있다. 영주 초암사로부터 그 소식을 받았다. 의상대사가 부석사 창건을 위해 임시 초막을 짓고 머무르다 부석사 창건 후 초막을 고쳐 절을 지었다는 유서 깊은 고찰이다. 그 초암사에 아흔아홉 살 되신 노스님이 계시고, 그 노스님을 부처님처럼 모시는 주지 용운 스님과 용운 스님의 상좌 법진 스님이 도반처럼 오순도순 절 살림을 꾸려가고 있다. 그런데 법진 스님이 두 어른 스님을 위해 재롱을 한 번 부려보겠다며 나서준 것이다. 법진 스님은 스님들 사이에서 음식 솜씨가 맛깔스럽기로 소문이 자자하여 몇 번이나 수소문을 했던 분이다. 하지만 소식을 듣지 못하다가 이제사 연락이 닿았는데 과연 소문대로였다. 공부 욕심에 공양간은 애써 피해 다니고 있다면서도 본분은 못 속이는 듯 생 참마, 말린 참마, 졸인 참마 등 마 재료만도 세 가지에 냉이 차, 뽕잎 차, 삶은 고구마 말랭이, 그리고 지

리산에 자생하는 백 가지 산야초의 꽃을 따서 말린 백꽃 차까지, 방안 그득히 희귀한 식재료들을 차곡차곡 쟁여 두고 있다.

그중에서 생 참마를 골라 전을 부치기로 했다. 귀한 백꽃 차를 물에 불려 고명으로 얹었다. 옛 시절로 치면 지금이 마 음식을 해 먹는 제철이고, 화사한 백꽃 차를 즐기에는 좋은 계절이니 그야말로 금상첨화다. 두 어른 스님 지켜 보시는 앞에서 재롱을 부리듯 마를 갈고 전을 지져 내는 과정이 의외로 간단하다. 그런데 고소한 맛과 화사한 색은 넘치고 넘쳐 고요한 겨울 초암사를 가득 채운다. 이만한 산사의 멋과 맛을 이디에서 찾을 수 있을까.

참마백꽃전

🧂 재료

참마 2~3개, 감자 1개, 백꽃 차 한 숟갈, 소금, 들기름

🥣 만들기

1. 참마와 감자를 깨끗이 씻어 껍질을 깎는다. 참마 피부 알레르기가 있을 수도 있으므로 고무장갑을 끼고 하는 것이 좋다.
2. 백꽃 차는 따뜻한 물에 불려 꽃잎이 펴지도록 한다(우려마시고 난 백꽃 차를 이용해도 됨).

3. 참마와 감자를 강판에 갈아 소금 간을 한 뒤 팬에 들기름을 두른다. 한 국자씩 떠 놓고 약불에 지지면서 그 위에 백꽃 차 잎을 색색이 장식한다.
4. 양면이 노릇하게 지져지면 접시에 담고 백꽃 차를 곁들여낸다.

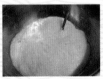

나물의 한살이를 돕는
순한 자연

금산 효심사

참취장아찌조림

나물의 한살이를 돕는 순한 자연

　들판에 보리가 누렇게 익어가고, 산 꾀꼬리 노랫소리가 요란해질 때쯤이면 먹거리를 찾아 산골짝을 샅샅이 훑고 다니던 아랫마을 사람들의 발걸음은 뜸해지기 시작한다. 춘궁기의 허기진 배를 채워 주던 산나물들이 억세어지고 약성이 강해져 더 이상 생식할 수 없기 때문이다. 바로 그즈음 스님들은 산나물 울력을 나선다. 부드러운 잎들은 눈 밝지 못한 산 아래 속인들에게 양보하고, 대신 약이 오를 대로 오르고 뻣뻣해진 잎줄기들을 따 오는 것이다. 그때쯤이면 다래순도 넝쿨을 뻗고, 취도 대궁이 쑥 올라 있다. 셈으로 치면 같은 잎눈에서 네댓 번째 새로 돋아난 잎들인데 벌써들 꽃 피울 준비를 하고 있다. 사람들이 잎줄기 돋는 족족 따 갔지만 뿌리가 성하니 자연은 그렇게 순하게 한살이를 돕는다. 그 순리에 맞춰 스님들도 조심조심 꽃 대궁을 보살피며 억세어진 산나물 잎사귀들을 따 모은다. 뒤늦은 생장으로 기세들이 등등하게 뻗

친 잎들이라 몇 잎 안 따도 자루가 그득 찬다. 그러나 그 약오른 잎들을 그냥 먹을 수는 없다. 소금에 절이거나 간장에 담가 대여섯 달 족히 삭혀 약성을 빼고 잎을 부드럽게 한 다음, 고듯이 푹 삶아 두 번째 약성을 빼내는 과정을 거치고, 마지막으로 된장 양념을 하여 덖거나 간장 양념을 하여 뭉근하게 조려 먹는다. '풀 한 포기라도 먹고자 취하였다면 그 뿌리에서 열매까지 버리는 것 없이 온전히 먹어야 된다.'는 부처님 가르침에도 한 치 어긋남이 없고, 장만하는 과정 또한 한없이 느긋하고 참되니 이야말로 요즘 말하는 슬로푸드의 전형이 아닐 수 없다. 그런 만큼 일찌감치 사라져가고 있는 반찬이기도 하다. 식재료가 넘쳐나는 시절이니 절집이라고 굳이 억센 산나물까지 뜯어와 반찬을 만들 리가 있겠는가.

그런데 그런 절집이 있다. 금산 서대산 남쪽 한 자락에 자리 잡은 효심사가 그곳이다. 서대산 너울진 산자락을 뚝 닮은 독특한 법당을 짓고 '덕분입니다, 고맙습니다. 다 함께 잘사는 세상을 만듭시다.'는 가르침을 펴고 계신 주지 성담 스님이 손수 창건한 절이다. 짧은 연대와 지은 내력으로 보아 오히려 현대적 가풍을 이루고 있을 법하건만 옛 사찰음식이 오롯하게 만들어지고 있다니 고맙기 그지없다.

봄 기운 가득한 경내로 들어서니 스님도 공양주 보살님도 모두 마당으로 나와 환한 웃음으로 마중을 하신다. 그러고는 제 일 하러 온 중생한테 '갈 길 멀다.'며 다른 일들 제쳐 두고 후원부터 안내한다. 어깨까지 토닥여주는 품에선 먼 객지에서 고생하다 돌아온 자식을 대하는 마음이 느껴진다. 덩달아 마음이 편안해져 장독대 후미진 곳의 묵은 항아리 뚜껑까지 하나하나 열어 보았다. 덕분에 된장, 고추장, 간장 독은 물론이려니와 묵은지 독까지 창호지로 막고 왕소금을 덮어 깨끔스럽게 갈무리하고 있는 속사정을 다 보았다. 다른 사찰에선 이런 마음을 가져 본 적도 없거니와 그러도록 봐 주는 공양주도 없었는데 참 귀한 구경을 했다. 그뿐만이 아니라 경험 많은 공양주가 들려주는 귀한 이야기까지 덤으로 들었다. 대길상이란 불명佛名에 걸맞게 마음이 넉넉한 보살님은 사십여 년 전 몸이 아파 절 살이를 시작하면서 자연스레 공양간 소임을 보게 되었단다. 본래의 야무진 솜씨에다 송광사, 봉선사 등 큰 사찰의

공양간을 거치면서 살림 법도까지 제대로 익혔다. 더군다나 성담 스님과는 이십 년 인연으로, 봉선사 수좌 시절부터 공양 시봉을 해 오고 있으니 그 쌓인 이야기가 좀 진진하겠는가.

그냥 먹어도 밥 한그릇이 달아날 것 같은 맛

그런저런 이야기 속에 참취장아찌가 모습을 드러냈다. 작년 늦봄 스님과 신도들이 울력으로 따다 소금과 간장으로 담가 두었던 두 개의 장아찌 독은 이미 모두 비웠는데 혹시나 하여 작은 통에 조금 덜어 둔 것이라며 보여준다. 몇 년 전부터 공양간 소임을 함께하고 있는 딸이 진간장을 써 보자고 하여 만들게 된 간장장아찌였다. 근 열 달 동안 삭혔는데도 참취 잎 한 장이 어른 손바닥보다 크고 향도 생생하게 풍긴다. 국물을 짜 내고 흐르는 감로수로 서너 번 헹군 다음 씹어 보니 질기고, 쓰고, 짜고, 향은 너무 강하다. 겉보기에는 장아찌 그대로 먹어도 될 성

싫었는데 그 맛이 영 아니다. 옛사람들의 지혜가 괜히 귀한 게 아니라며 보살님은 씻은 참취장아찌에 물을 흥건하게 붓고 한참을 삶더니 다시 서너 번 헹궈내고 빨래를 짜듯 물을 꼭 짜낸 다음 맛을 보란다. 입안에 아까의 맛이 남아 있어 조금 걱정스러웠는데 이번에는 입에 딱 맞는 간이다. 풍부한 섬유소가 부드럽게 씹히는 맛도 좋고 향도 초봄에 먹는 햇 참취나물 못지않게 그윽하니 살아 있다. 그대로 먹어도 밥 한 그릇이 달아날 것 같은데 그 위에 숭숭 썬 청양고추와 깨소금을 넣고, 심심하게 만든 양념장을 끼얹어 다시 뭉근하게 조린다. 그동안 먹어본 취나물 반찬 중 제일 맛나다. 스님들도 좋아하고 신도들도 좋아라고 하여 해마다 빼놓지 않고 장만하는 효심사만의 저장 반찬이 될 만하다.

참취장아찌조림

📑 재료

억세어진 참취, 소금 혹은 간장. 진간장, 들기름, 깨소금, 청양고추

🍳 만들기

1. 취 잎을 깨끗이 가린 다음 씻지 말고 그대로 항아리에 차곡차곡 쟁여 소금으로 염장을 하거나 간장을 넉넉히 부어 위를 돌로 눌러준다. 밀봉하여 6개월 이상 삭힌다.

2. 삭힌 잎을 적당량 꺼내 물에 서너 번 헹궈 물기를 꼭 짠 다음 생수를 잠기도록 붓고 삶는다. 끓기 시작하면 약한 불로 1시간 이상 고듯이 푹 익힌다.

3. 잎사귀가 적당히 물러지면 꺼내 다시 서너 번 헹궈 물기를 짜낸다.

4. 잎을 한 장씩 가지런히 묶어 조림 냄비에 차곡차곡 안치고 진간장과 생수, 깨소금. 청양고추를 섞어 만든 심심한 양념장을 위에 끼얹어 은근한 불로 뭉근하게 조린다.

💬 도움말

취는 알려진 것만도 60종이 넘을 정도로 종류도 많거니와 맛과 영양이 뛰어나 예로부터 산나물의 으뜸으로 꼽혀왔다. 성질이 따뜻하며 당분과 단백질. 칼슘. 인, 철분 등의 미네랄이 고루 들어있고, 비타민도 풍부하다. 특히 참취는 해독과 통증 완화에 작용하는 약성이 풍부해 목을 보호하고 독을 푸는데 좋다. 다만 약성이 좀 강해 생으로 먹는 것보다 익혀 먹는 것이 좋다.

참죽 향에
정신이 몽롱하여

산청 온꽃다원

참죽자반

세속의 육포에 비할 바가 아닌 참죽자반

참죽은 산사의 공양간에서 사철 맛볼 수 있는 산채 중의 하나다. 독특한 향이 나고 맛이 구수해서 최고의 봄나물로 꼽는 스님들이 많은 데다, 같은 잎눈에서 서너 번은 순을 딸 수 있고 나무의 생장도 빨라 몇 그루만 있어도 수확량이 넉넉하기 때문이다. 봄철에 돋아나는 첫 순은 생 그대로 무쳐 향을 즐기고, 두 번째부터는 전과 튀김을 만들거나 소금물에 절였다가 꾸들꾸들하게 말려 고추장장아찌를 만든다. 끝물 것은 부드러운 잎만 떼어 간장장아찌를 만들고, 줄기는 버섯과 함께 맛국물 우려내는데 쓴다. 하지만 참죽나물의 진미는 자반으로 만들었을 때 가장 돋보인다. 길이가 두어 뼘 정도 자란 순을 끓는 물에 살짝 데쳐 그늘에서 꾸들꾸들하게 말린 다음 되직하게 쑨 찹쌀 풀에 고추장을 섞은 옷을 입혀 봄볕에 이틀 정도 말린 것이 참죽자반이다. 졸깃하고 향기로운 맛이 세속의 육포에 비할 바가 아니다. 그런 맛도 맛이거니와 예전

엔 먹을거리가 귀하여 봄철의 참죽자반 장만은 승속 할 것 없이 큰 울력이었다. 1970년대 초까지도 참죽나무가 많은 경상도 내륙 지방에선 햇살 좋은 봄날 마당의 빨랫줄에 시뻘건 참죽자반을 주렁주렁 매달아 말리고 있는 광경을 흔하게 볼 수 있었다. 냉장고가 없던 시절, 다른 산채들은 모두 묵나물을 만들어 쟁였지만 참죽은 향기 때문에 그런 저장법을 고안해냈던 것이다. 그 시절엔 다른 묵나물 만들 때처럼 한 자도 넘게 자란 억센 순까지 뜯어다 자반을 만들어 쟁였고, 찹쌀 풀은 웬만해선 꿈도 못 꾸고 주로 밀가루 풀을 입혔다. 때문에 참죽자반이 아주 딱딱해 기름에 볶거나 튀겨야만 반찬으로 먹을 수 있었다.

그런 참죽자반이 먹거리가 흔해지고 냉장고가 발달하면서부터 점점 사라지더니 요즘은 절집에서조차 구경하기 어려운 사정이 됐다. 참죽나물이 간과 비장을 보하여 공해로 인한 몸속의 독소를 씻어내는데 좋다는 효능이 알려지면서 요새는 참죽나무를 대량 재배하는 농장까지 생겨났다. 사철 나물로 먹을 수 있는 부드러운 참죽순을 구할 수 있게

된데다 다른 반찬과는 달리 자반은 손품이 많이 든다. 최근 들어 참죽 순으로 만든 나물과 전, 튀김, 장아찌는 승속 모두 오히려 전보다 더 자 주 해 먹고 있지만, 참죽의 대표 반찬인 자반은 이제 산사에서조차 맛 보기 어려운 사찰음식이 돼 가고 있는 것이다.

참죽 향에 정신이 몽롱하여

영주 초암사 법진 스님이 산청 지리산 기슭에 살고 있는 한 불자의 황토집에서 해마다 신도들과 함께 참죽자반을 만들고 있다기에 귀한 동참을 하게 되었다. 초파일 불사를 마친 뒤라 고단하기도 하련만 때를 놓치면 참죽순이 더 억세어지므로 급히 날을 잡아 연락을 해준 것이다. 지리산의 청정한 골짜기를 찾아다니며 백 가지 꽃을 따 온꽃 차(백꽃 차)를 만들면서 천연 염색 하는 일을 업으로 삼고 있는 지은 보살의 집 이었다. 지은 보살은 법진 스님과 인연이 깊어 해마다 이맘때면 지리산

참죽순을 따 와 자반 만드는 일을 자청하여 주도하고 있다.

올 참죽자반 울력은 법진 스님과 광주에서 온 도반 스님, 지은 보살, 그리고 진주에서 온 노보살 한 분과 구경꾼 한 명까지 모두 다섯 명이 동참했다. 해 지기 전에 풀을 입혀서 서로 들러붙지 않을 정도까지 말려야 되는 일정이라 멀리는 못 가고 집 뒤란 산기슭에 있는 참죽나무 몇 그루만 순을 따기로 했다. 몇 그루뿐임에도 참죽 향이 온 산기슭에 진동한다. 어린 시절 제법 맡아 보았음에도 진동하는 참죽 향에 정신이 몽롱하여 순을 따는 건지 놀이를 하는 건지 모를 지경이다.

참죽 향에 취하여 밭에서 돌아오니 지은 보살은 어느새 찹쌀 풀을 쑤어 고춧가루와 소금으로 간을 맞추고 있다. 예전엔 밀가루 풀에 주로 고추장을 썼다. 그런데 지은 보살이 한번 찹쌀 풀에 고춧가루와 소금으로 간을 맞춰 봤더니 자반 맛에 텁텁함이 없고, 붉은 색이 더 맑게 나와 계속 그 방법으로 하게 되었단다. 옛사람들이 전해 준 좋은 음식의 맥은 이어 가되 조리법은 계속 진화시킴이 마땅한 이치라고, 털털한 법진 스님이 장단을 곁들인다. 솜씨도 좋거니와 사찰음식에 조예가 깊은 스

님과 신도인지라 손발뿐 아니라 마음까지 척척 맞다. 법진 스님과 지은
보살은 그렇게 만든 귀한 참죽자반을 주변 도반들에게 선물로 나누는
것까지 함께하고 있다.

빨랫줄에 가지런히 참죽자반을 널어놓고 저녁 밥상을 받으니 작년에
만들어 놓은 참죽자반과 방금 따서 무친 참죽나물이 함께 올라 있다.
햇나물은 싱그러운 향과 풋풋한 고소함이 일품이고, 묵은 자반은 씹히
는 숙성된 향과 혀끝에 오래 감도는 고소함이 별미이다. 어렸을 때 먹
었던 밀가루 풀 자반과는 비교도 안 되게 맛이 부드럽고 깊다. 음식이
든 문화든, 전통은 뒷사람들이 진화시켜 나가는 게 맞다.

참죽나물

사찰에서 흔히 가죽나물이라고 하는 나물이 바로 참죽나물이다. 죽
나무는 참죽과 가죽이 있는데 하나는 진짜 죽나무, 즉 참죽나무이고,

하나는 가짜 죽나무란 뜻에서 가죽나무라고 부른다. 두 나무가 생김새는 거의 같지만 목과 과는 전혀 다르며 맛과 향도 다르다. 도시의 아스팔트 틈새에서까지 발아와 생장을 할 정도로 번식력이 강한 가죽나무는 맛이 쓰고, 잎과 꽃에서 나는 향이 악취에 가깝다. 반면 참죽나무는 맛이 달고 줄기가 고소하여 맛국물에까지 쓸 정도로 향과 맛이 좋다. 약성도 간 · 비장 · 위장을 보하고, 항염 · 항균에 좋으며 단백질과 칼슘 · 비타민 · 무기질이 풍부하다. 나무는 목질이 우수하고 붉은 갈색을 띠고 있어 현판이나 가구를 만드는 소목들이 애호하는 목재 중의 하나다.

이 참죽나무가 가죽나무로 더 많이 불리게 된 것은 참죽나물을 즐겨 먹는 경상도 사람들이 참죽을 가죽이라 부르고, 가죽은 개죽이라고 부르는 데서 비롯되었다.

참죽자반

🧂 재료

참죽순, 찹쌀가루, 고운 고춧가루, 통깨, 소금

🥄 만들기

1. 참죽순은 청정한 자연산이면 씻지 말고 그대로, 농장에서 키운 것이면 서너 번 헹궈 물기를 뺀 다음 펄펄 끓는 물에 담갔다가 금방 꺼내 찬물에 식혀 소쿠리에 넣고, 그늘에서 꾸들꾸들할 정도로만 말린다.
2. 찹쌀가루를 물에 풀어 되직한 풀을 쑨다(주걱에서 풀 방울이 떨어지지 않을 정도의 묽기가 적당하다).

3. 풀을 약간 따뜻할 정도로 식힌 후 고운 고춧가루를 적당량 풀어 넣고 잘 저어 주면서 소금 간을 맞춘다.
4. 3에 통깨를 듬뿍 넣고 고루 저어 주면서 1을 한 줄기씩 잡고 충분히 잠기도록 담갔다가 건져 올려 양념 풀이 적당하게 입도록 한 손으로 풀을 훑어낸다.
5. 빨랫줄에 널어 꾸들꾸들해질 때까지 말린다. 빨랫줄에 널 때는 집게를 이용하고, 말리는 시간은 햇볕의 정도에 따라 다르나 대충 하루 반 정도 말린 다음 냉장 보관해두고 먹기 전에 적당한 크기로 잘라낸다.

제 몸피보다 큰
광주리를 끌었던 추억

영주 초암사

고구마줄기김치

손톱 밑을 온통 새까만 색으로 물들였던 고구마 줄기

폭우가 쏟아지는 장마가 들면 농작물은 예외 없이 피해를 입는다. 장
대비에 열무도 녹고 배추도 녹아 여름임에도 오히려 밥상에 올릴 푸성
귀들이 귀해진다. 그중에 고구마 줄기만은 웬만한 빗줄기에도 씩씩하
게 뻗어나가 며칠만 지나면 밭두둑을 시퍼렇게 덮어 버린다. 하여 옛
시절 장마철엔 승속 할 것 없이 고구마 줄기 따는 일이 큰 울력이었다.
곡식 버금가는 양식인 고구마가 씨알은 달리지도 못한 채 웃자라기만
하니 그마저 장대비에 앗길세라 사흘이 멀다 하고 밭두둑을 훑었고, 광
주리 그득히 따 온 고구마 줄기를 마루에 쌓아 놓고 집안에 손 달린 사
람은 모두 둘러앉아 껍질을 벗기곤 했다. 부드러운 순은 잎사귀째 밥솥
에 쪄서 나물을 해 먹고, 벗긴 줄기로는 소금에 절여 김치를 담그거나
(경상도식) 끓는 물에 데쳐 김치를 담그고(전라도식), 중간 잎은 된장
푼 보리뜨물에 삭혀 쌈으로 먹고, 억센 줄기는 삶아 말려 묵나물을 만

들어 쟁여 놓고, 벗겨 낸 껍질과 억센 잎은 생구ㅌㅁ인 소먹이로 주니, 흉년의 생명줄인 구황작물 중에서도 고구마만한 효자는 다시없었다. 그렇게 어려운 한철을 견뎌 내던 시절, 여름철 사람들은 손톱 밑이 온통 새까만 색이었다. 여름 내내 고구마 줄기를 다듬느라 그랬다.

하루 걸러 폭우가 쏟아지고 있던 즈음, 초암사 법진 스님께 장마철 고구마줄기김치 이야기를 꺼냈더니 오랜만에 손톱물 좀 들여 보자며 반색을 하신다. 고구마줄기김치는 '새콤달큰'한 줄기가 아삭아삭 씹히는 맛이 그만이라 먹거리가 넘쳐나는 요즘에도 별미로 꼽힐 만큼 입맛 당기는 맛이다. 하지만 그 가느다란 오라기를 하나씩 집어들고 껍질을 벗겨내야 하는 지겨움과 번거로움, 그리고 껍질을 벗겨내는 과정에서 진한 고구마색 물이 들어 손톱 밑이 새까매지는 것 때문에 우리 밥상에서 일찌감치 내쳐진 음식이 되었다. 나물이야 한 줌 정도만 벗기면 되니 요즘도 곧잘 만들고 있지만 김치는 적어도 한 광주리는 벗겨야 되니 먹거리가 넘쳐나는 요즘에는 승속 모두 까마득히 묻어 버린 반찬이 된 것이다.

어린 시절 제 몸피보다 더 큰 광주리를 끌었던 추억을 버무려

절 아래 신도님네 남새밭에서 따온 고구마 줄기 한 소쿠리에 홍고추 한 줌과 감자 두어 알, 새앙 서너 쪽, 찹쌀 한 줌을 곁들이니 재료 준비 가 끝났다. 어린 시절 여름마다 지겹도록 먹었던 그 김치의 새콤달큰한 맛을 기억하고 있는 중생과 그런 김치는 이름도 들어본 적 없다는 젊은 공양주가 일손을 거들었다. 안거철이라 스님들도 적어 한 소쿠리 정도 로 양을 잡았다. 그런데도 껍질 벗기는 데만 얼추 반나절이 지나갔다. 스님은 그 시간을 즐거운 재담으로 이끌어 나간다. 고구마 줄기 껍질 벗기는 데도 요령이 필요하다며, 잎이 달려 있는 쪽을 곧추세워 잡고 줄기 끝을 비틀어 골 반대쪽으로 꺾듯이 하면서 껍질을 밀어내리니 중 간에 끊어지지도 않고 단번에 절반 이상이 죽 벗겨지는 현란한 시범까 지 보여준다. 어린 시절 제 몸피보다 더 큰 광주리를 끌고 바짓가랑이 와 소맷자락이 다 젖도록 밭두둑을 헤집으며 고구마 줄기를 따 모으던

일이며, 그것들을 산더미처럼 쌓아놓고 식구들 모두 달려들어 벗겨내
고 벗겨내도 줄어들지 않아 엉덩이를 들썩이다 지청구 들었던 기억, 그
리고 어른들 몰래 고구마 줄기를 잘게 잘라 목걸이와 팔찌를 만들어 차
고 형제들과 하하, 호호, 지겨움을 달랬던 추억담들이 이어진다. 출가
후 승가의 법도를 익히던 시절에는 도반들과 함께하는 것이 달랐을 뿐,
장마철 고구마 줄기 갈무리하는 작업은 크게 다르지 않았다.

맞아, 그랬어, 승속이 함께 주거니 받거니 고구마줄기김치에 얽혀 있
는 추억담을 맞장구치다가 내친김에 추억 속의 고구마 줄기 팔찌까지
하나씩 만들어 차니 제법 고구마줄기김치 담그는 맛이 난다. 불린 찹쌀
로 되직한 죽을 쑤고, 감자를 삶아 으깨고, 새앙과 붉은 생고추를 토막
쳐서 함께 갈아 놓으니 김치 양념은 이것으로 준비 완료다. 말끔하게
다듬어진 고구마 줄기를 반은 소금에 절여 건지고, 반은 소금물에 데쳐
건져 각각 같은 양념에 버무리니 경상도식과 전라도식 고구마줄기김치
두 가지가 단박에 완성된다.

　참으로 오랜만에 추억 속의 고구마줄기김치를 한 보시기씩 올려놓고
스님과 속인이 마주 앉아 맛을 보았다. 젓갈류와 파 · 마늘이 안 들어가
순하고 담백하고 상큼한 맛이 비길 데 없이 좋다. 찹쌀죽의 부드러움이
자칫 뻣뻣할 수도 있는 고구마 줄기를 부드럽게 해 주고, 감자의 고소
한 향이 생줄기의 풋내를 감싸 준다. 새콤하게 익으면 밥을 비벼 먹기
에 더없이 좋은 맛이겠다.

고구마줄기김치

🧂 재료

고구마 줄기, 찹쌀, 감자, 붉은 생고추, 생강, 소금, 통깨, 사찰 진간장

🥄 만들기

1. 고구마 줄기는 껍질을 벗겨 흐르는 물에 헹궈 소금에 절인 다음 다시 두어 번 더 헹궈 건진다.
2. 찹쌀은 물에 불려 좀 되직한 죽을 쑤어 식힌다.
3. 새앙과 고추는 깨끗이 다듬어 굵게 잘라둔다(고추는 한두 개만 남겨 어슷썰기를 해 둔다).
4. 감자는 겉껍질만 벗겨 푹 삶아 으깨 놓는다.
5. 생강과 고추를 찹쌀죽과 함께 믹서에 간 다음 준비한 재료들을 모두 넣고 버무린다.
6. 통깨와 소금, 진간장으로 마무리 간을 보아 겉절이로 먹거나 하루 정도 숙성시킨 다음 냉장 보관해두고 먹는다.

💬 도움말

1. 전라도식은 고구마 줄기를 끓는 소금물에 살짝 데쳐 내는 것만 다른데 이렇게 하면 줄기가 부드러워 겉절이로 먹기에 좋다.
2. 양념 맛을 낸다고 설탕을 넣거나 시중에서 파는 진간장을 넣으면 고구마줄기가 물러지기 때문에 피한다. 직접 담근 진간장이 없으면 국간장을 쓰도록 한다.
3. 찹쌀죽을 끓일 때 생 들깻가루를 한 숟갈 넣으면 김치 맛이 고소해진다.
4. 일반 가정에서는 양파를 얇게 썰어 함께 버무려 달콤한 맛을 내도 좋다.

우리 삶의 정성만큼

광주 봉덕사 우란분재 오과백미

우리 삶의 정성

　『목련경』에 보면 신통제일 목련 비구가 아귀도에 빠진 어머니를 구
제하기 위해 음력 7월 15일 자자일自恣日에 지극 정성으로 마련한 오미
백과를 차려놓고 자신의 법력을 다 쏟아부어 불공을 드리는 장면이 나
온다. 우란분절의 기원이 된 이 목련구모木連求母 이야기 속 오미백과五味
百果 분공盆供은 우리 명절의 하나인 칠월 백중에 백 가지 음식을 만들어
조상님께 제사를 지내고 온 동네 사람이 함께 음복하는 백중 풍속으로
이어졌다. 고려가요 〈동동〉에 '백 가지 제물을 차려 놓고, 저승에서라
도 임과 함께 살아가기를 빈다.'는 가사가 나오고, 조선 시대 성현成俔이
지은 『용재총화慵齋叢話』에도 '백종百種날엔 백 가지 제물을 차려 망친의
영혼을 제사한다.'는 기록이 엄연하다. 하지만 그 아름다운 풍속은 언
제부터 사라지고 없다.

　어린 시절, 어른들로부터 백중날의 세시 음식이 백 가지란 말은 백

중날마다 들었고, 백 가지 음식을 만들 수 없는 가난한 집에서는 백가지(껍질을 깎아 하얗게 만든 가지)나물로 대신한다는 우스개 같은 이야기도 들었지만 실제로 본 적은 한 번도 없다. 식재료가 흔치 않고 냉장고도 없던 시절에 백 가지나 되는 음식을 장만한다는 것은 가짓수를 어떻게 채우고 못 채우고 하는 법식을 떠나 만들 수 있는 온갖 음식을 다 만들어 바친다는 '정성의 다함'을 강조한 것일 터이다. 하여 시절 따라 엷어진 우리 삶의 정성만큼 백중 제상에 진설되는 음식 가짓수도 줄어들게 되었으리라 가늠된다. 아무리 그래도 그렇지, 편함을 좇아 날만 새면 새 것으로 개비해대는 세간에서야 그렇다 치더라도, 법도가 엄연한 불가에서조차 옛이야기로만 전해져 오고 있는 것이 매우 안타까웠다. 그러던 차에 이십 년 가까이 백 가지 음식으로 우란분공을 올리고 있다는 광주 봉덕사 소식을 들었다.

기대 반 궁금 반으로 마음을 졸이다가 하루 전날에야 부랴부랴 봉덕사를 찾았다. 가스불과 전기, 냉장고가 있다지만 백 가지 음식을 차리

자면 각색의 재료 갈무리에서 조리까지, 그 장만하는 시간이 만만치 않을 것이다. 하지만 시간 형편이 여의치 못해 그 귀한 진설 과정이나마 제대로 챙겨보고자 하였음이다.

법당 한 채, 후원 한 채가 나란히 이어져 있는 조그마한 절 경내로 들어서니 음식 냄새가 사방에 가득하다. 주지 스님과 노보살님들은 벌써부터 법당에서 과일과 과자류를 진설하는 중이고, 후원 마루와 공양간에서는 젊은 신도들이 모여 전을 지지고 나물을 볶느라 여념이 없다. 이름표를 달고 색깔 별로 가지런히 쌓여 있는 전류와 그릇그릇 열을 식히고 있는 나물류를 챙겨보니 얼추 서른 가지가 넘는데 감로수 개수대에는 아직도 씻고 닦아야 할 재료 바구니들이 쌓여 있다. 뽕, 취, 아주까리, 토란, 씀바귀, 맨드라미, 비름, 민들레, 감자, 고구마, 콩, 팥, 동부, 호박, 가지, 고추 등등 절집 주변과 텃밭에서 거둔 식물의 잎과 열매와 뿌리에다 신도들이 구해 온 것까지 보태져 전과 나물에 쓰는 재료만 서른 가지가 넘는다. 이중 감자와 고구마, 토란 잎을 제외한 거의 모

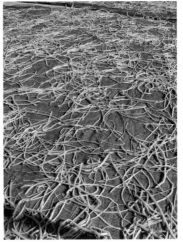

든 재료들을 전과 나물, 두 종류로 조리를 하므로 전과 나물 종류만도
쉰 가지가 넘게 된다. 그런데 모두 토종이다. 과학 기술로 식물의 유전
자가 바뀌고, 외래종이 득시글거리는 시대에 팥 잎, 콩 잎, 뽕 잎, 아주
까리 잎으로 나물을 만들고 전을 지지는 것이다.

오미백과 우란분공

이파리 하나로 접시를 채우고도 남는 토란묵나물은 난생처음 보
았다. 그 억센 이파리가 나물이 된다는 사실이 놀라워 와중에 염치 불
고 만드는 과정을 캐물었다. 법식이 중한 만큼 어떤 번거로움도 안 드
리겠노라 다짐했는데 그만 본색을 드러낸 것이다. 주지 스님의 속가 어
머니로 자청하여 봉덕사의 공양주를 살고 있는 노보살님에게 자문을
구하니 '먹을 것이 귀하던 시절엔 독 있는 것 빼고는 들판에 못 먹는 푸
성귀가 없었다.'고 회고한다. 그중에 토란은 한 잎만으로도 나물 한 접

시를 만들 수 있는데다, 들깻가루로 국물을 만들어 볶으면 구수하고 사박사박 씹히는 맛이 좋아 지금도 이쪽 지방 절집에서는 제법 만들어 먹고들 있으리라 짐작했다. 그보다 더 맛깔 있는 묵나물들도 만들기 번거롭다는 이유로 절집 공양간에서 점점 내쳐지고 있는 저간의 사정을 노보살님은 모르는 것 같았다.

저녁 늦은 시각에야 음식 만드는 일이 얼추 끝났다. 노보살님 방에 하룻밤 신세를 지면서 그제야 저간의 속사정을 들었다. 재료 준비는 한 달여 전부터, 그리고 본격적인 음식 만들기는 삼 일 동안, 광주와 전남 일원에 흩어져 있는 신도들이 형편에 따라 일손을 도왔는데 올해는 윤오월이 들어 백중이 한 달 늦어지는 바람에 농사를 짓는 신도들을 대신하여 주지 스님 속가 형제들이 품을 보탰다고 한다. 특히 솜씨 좋은 큰누님은 남도 음식에 일가견이 있어 봉덕사의 오미백과 우란분공의 전통을 세우는 데 큰 몫을 했다. 하필 우란분재일에 출생, 어린 나이에 출가한 '스님 동생'의 지극한 발원에 속가 누님이 헌신적으로 불사를 이

끌어 온 아름다운 이야기였다.

다음날 첫새벽부터 불단 진설이 시작됐다. 오랫동안 봉덕사 신도회장을 지냈던 팔순 노보살님이 감독을 맡고, 누님이 보조를 맡아 척척 손을 맞췄다. 어젯밤 진설을 마쳐 놓은 스물다섯 가지 과일과 열 가지 과자 뒤로 스물다섯 가지 나물과 스물다섯 가지 전, 일곱 가지 떡과 통으로 삶은 감자, 고구마, 옥수수, 묵, 수삼튀김, 그리고 마지막 메(제사 때 신위 앞에 놓는 밥)와 탕, 장이 차려지면서 백 가지 공양물의 진설이 마무리되었다. 참례하는 신도들이 별도로 올린 곡차와 공양물들을 합치면 올 봉덕사 우란분재에 진설된 음식은 백 가지를 훨씬 넘는다.

사진기가 옹색하기도 하려니와 정성에 누가 될까 싶어 감히 티 나게 담아내지는 못했지만 소박한 음식 백 가지가 진설된 불단은 그 어떤 장엄보다 거룩했다. 귀한 불사에 참례한 것만도 넘치는 복인데, 음복으로 나누어주는 음식 종류가 어찌나 많은지, 처음 만난 신도들과 하하 호호, 후원 마루에서 오랫동안 복 잔치를 벌이다 돌아왔다.

불단에 오르던
귀한 음식

산청 금수암

우엉전

사찰음식의 목표는 '맛'이 아니다

우리 사찰음식은 맛을 위주로 하지도 않고, 식재료에서도 동물성과 오신채를 쓰지 않는 제한이 따르지만 가짓수는 세간 음식 못지않게 많고 다양하다. 만물의 본질을 꿰뚫고 있는 눈 밝은 스님들이 수행의 한 방편으로 공양간 살림을 꾸려 내려온 결과이다. 온 산과 들에 절로 자라는 나무와 풀의 잎과 줄기와 열매와 뿌리를 두루 채취해서 그것들이 지닌 약성과 독성을 적절히 활용하다 보니 그렇게 된 것이다. 무를 주재료로 한 음식만도 스무 가지가 넘고, 세간에서 기껏 쌈이나 겉절이 정도로만 해 먹는 상추를 가지고도 국, 찌개, 전, 찜, 나물, 불뚝이김치, 물김치까지 만들어 낸다. 특히 뿌리 채소들은 그 지닌 성분의 맛과 향, 영양의 우수함 때문에 우리 사찰음식에서 매우 큰 비중을 차지하고 있는데 그중의 하나가 바로 우엉이다.

우엉은 세간에서 조림 정도로만 만들어 먹고 있지만 사찰에서는 죽,

밥, 장아찌, 김치, 잡채, 전, 볶음, 튀김, 부각, 탕, 정과 등을 만들고, 어린 잎으로는 쌈과 나물까지 해 먹는다. 주 성분이 당질이면서도 녹말이 적어 당뇨에 효능이 있을 뿐 아니라 코와 목의 염증과 피부의 건조함을 다스리고, 칼슘과 칼륨 등 뼈와 근육에 필요한 영양소와 비타민C까지 지니고 있다. 그래서 우엉이 들어간 음식은 스님들의 겨울철 보양식으로 꼽혀 왔다. 열을 다스리는 우엉이 스님들의 겨울 보양식이 된 것은 우엉에 들어 있는 풍부한 식물성 섬유소 때문이다. 우엉이 함유하고 있는 셀룰로오스와 리그닌은 섬유소 중에서도 수분 흡수율과 장의 자극력이 높아 대장암 예방 식품으로 알려져 있을 정도로 변비의 효능이 크다. 잎채소의 섭취가 부족할 수밖에 없는 겨울철, 운동량마저 부족한 수행 스님들이 선택한, 대단히 지혜로운 식재료가 아닐 수 없다. 더구나 우엉은 토질에 까다롭지 않아 어디에서나 잘 자라고, 생장 기간도 이 년이나 된다. 급격한 기온 변화만 없으면 땅속에서 자연 그대로 저장이 되는 셈이니 겨울철에 환영받을 만한 뿌리채소이다.

불단에 올라가던 귀한 우엉전

특별한 식재료 우엉을 주 재료로 한 사찰음식 중에서도 매우 특별한 음식이 우엉전이다. 녹말이 적어 부재료인 밀가루 옷이 잘 입혀지지도 않거니와 옷이 너무 두터우면 우엉 특유의 씹히는 맛이 반감돼 식감도 좋지 않다. 그래서 우엉전을 지질 때는 먼저 우엉 조각을 번철에 나란히 놓고 그 조각들의 틈새를 막아 주는 정도로만 반죽을 부어 익혀야 하는데 그게 웬만한 솜씨로는 제대로 할 수 없다. 번철에 닿아 있는 쪽에는 아예 반죽이 스며들지도 않을 양이거니와 그쪽 면엔 이미 양념장이 발라져 있어 자칫하다가는 전을 태우게 된다. 반죽 옷은 얇고 우엉은 조각들로 돼 있는 데다, 두께도 고르지 않아 웬만한 실력으로는 온전하게 전을 뒤집을 수조차 없는 것이다. 그래서인지, 예부터 초파일과 우란분재일 등의 경축날에는 으레 불단에 올라가던 귀한 음식이었다. 그런 우엉전이 이제는 점점 보기 드문 사찰음식이 되어가고 있다.

사찰음식 지킴이로 매우 특별한 수행의 길을 걷고 있는 산청 금수암 대안 스님은 지금도 겨울이 되면 우엉전을 즐겨 지져낸다. 친정 격인 가야산 국일암의 성원 노스님으로부터 전수받은 조리법에 야무진 솜씨를 보태어 맛을 이어가고 있다. 올해 아흔을 넘기신 성원 노스님은 국일암의 대소사는 물론 신도들이 올리러 오는 재에도 때마다 우엉전을 손수 챙겼다고 한다. 그런 가풍을 오롯이 전수받아 지져 주는 우엉전을 먹어보니 우엉 특유의 향에다 겨울을 지나면서 달작해진 맛이 더해져 씹는 맛이 매우 고소하면서도 담백하다. 적당한 당질에 칼슘, 무기질, 비타민, 섬유소를 고루 갖추고 있는 데다 기름이 가미되었으니 우엉전 한 접시만으로도 한 끼 식사분의 영양지수에 부족함이 없다.

우엉전

🥘 만들기

1. 우엉은 깨끗이 씻어 껍질을 벗기고, 적당한 길이로 썰어 반으로 펴듯이 갈라 찜솥에 쪄낸다. 이때 갈라진 틈새가 두 쪽으로 떨어지지 않도록 유의한다.

2. 우엉이 쪄지는 동안 국간장에 고춧가루, 참기름을 넣고 양념장을 만든다.

3. 밀가루에 소금 간을 엷게 해서 묽은 반죽을 만든다.

4. 익은 우엉이 식기 전에 도마에 엎어 놓고, 등을 자근자근 두드려 납작하게 다진다.

5. 다진 우엉에 양념장을 엷게 발라 재운다.

6. 팬이 달구어지면 재운 우엉 조각을 서너 개씩 올려 놓고 위쪽에만 반죽을 끼얹어 뒤집어 가며 지진다. 이때 반죽은 우엉 조각들의 틈새를 메울 정도의 양만 부어 주고, 불을 약하게 해서 양념 재운 면이 타지 않도록 주의해야 한다.

마음으로 대접하는 사찰음식

꽃보다 아름다운 꽃 밥

해남 대흥사

원추리꽃밥과 원추리나물

꽃보다 아름다운 꽃밥

 이른 봄부터 늦여름까지 무리 지어 피어 나는 원추리는 먹기도 하고 보기도 하는 우리 토종 꽃나물이다. 햇살이 도탑게 내리는 양지녘엔 초 봄부터 싹이 돋아나 봄나물 중 가장 먼저 밥상에 오르고, 그렇게 뜯기 고도 유월이면 어느새 꽃망울을 터뜨려 산야를 온통 황금색으로 뒤덮 는다. 무리를 지어 피는 데다 맛이 달고 순해 어린 싹과 뿌리는 춘궁기 의 요긴한 먹거리로 쓰고, 개화기가 길어 칠팔월까지 피어나는 꽃송이 는 따 말렸다가 차로도 즐기고, 밥과 나물로도 해 먹었다. 원추리나물 이야, 지금도 종종 해 먹는 익숙한 음식이지만 원추리꽃밥과 꽃 차는 당연 깊은 산에 사는 눈 밝은 스님들의 궁리로 비롯된 사찰음식이다. 그 옛날 해남 두륜산 대흥사의 대표 음식이 바로 원추리꽃밥이었다.

 '두륜산 대흥사에 가거들랑 원추리꽃밥을 즐겨보라.'는 한 줄 옛 소 문을 붙잡고 이태 전부터 공양간에 청을 넣어 보았지만 소임 공양주

마다 '원추리가 경내에 지천으로 피고 있어 나물은 탕과 무침으로 자주
해 먹고 있지만 꽃 밥은 금시초문'이라는 답이었다. 그래도 못내 미련
을 떨치지 못하고 있던 중 지리산 맑은 곳에 피는 우리 토종 꽃 백 가지
를 따서 차 만드는 일을 업으로 삼고 있는 지은 보살과 인연이 되었고,
벼른 끝에 올해 비로소 말린 원추리 꽃 한 봉지를 구하게 되었다. 원추
리나물이야 남쪽 땅 양지쪽엔 이월에도 싹이 돋는지라 때를 맞춰 대흥
사를 찾았다.

　멋대로 살기를 자청한 요새 사람들을 닮아 그런지, 삼월 중순에 때
아닌 폭설이 내리고, 강풍에 기온은 영하로 밑돌기 일쑤인 불량한 일기
임에도 대흥사 후원의 부지런한 원추리는 이미 한뼘이나 싹을 돋우고
있었다. 본래의 군락지인 대웅보전 뒷산 기슭은 응달이라 아직 싹이 가
랑잎 속에 묻혀 있는 정도인데, 햇살 잘 드는 후원 대울타리 밑으로 자
리를 잡은 무리는 제법 향과 맛이 들었을 성싶은 크기로 돋아나 있다.
이슬 함초롬히 머금어 더욱 신선한 그 새싹들을 캐는 일부터 시작했다.

까맣게 묻혀 버린 옛 사찰음식을 되살리는 일인데 번거로움 가리고 자시고 할 게 무에 있겠느냐고, 원주 스님까지 돕고 나선다. '비록애 푸새엣 것'이긴 하지만 아직 어린 것들을 해마다 돋는 족족 뜯어 먹고 사는 것이 미안해서 가슴이 짠하다는 소회를 주고받으면서, 앉은 자리 그대로 소쿠리 그득 나물을 캐 담았다. 봄에 돋는 산야초 싹 중에 잎이 제일 넓어 '넘나물(넓은 나물에서 변형)'이란 별칭으로 불리는 원추리인지라 몇 뿌리 캐지 않아도 오늘 대흥사 식구 스무남은 명 반찬은 되고도 남음이다.

들깻가루에 된장으로 간을 맞추어 끓이는 원추리나물탕은 이미 며칠 전에 상에 올린지라 오늘은 나물을 무치기로 했다. 가릴 것도 없이 찬물에 한 번 씻어 끓는 물에 소금 한 줌 넣고 살짝 데쳐 다시 찬물에 헹구고, 국간장과 참기름, 깨소금으로 양념하여 조물조물 무친 다음 어슷 썰기한 붉은 고추로 고명을 하는 것이 조리법의 전부다. 먹는 것의 즐거움에 멋스러움이 더해지는 원추리꽃밥은 조리법에 무언가가 숨어 있

을 것 같지만 알고 보니 원추리꽃밥은 나물무침보다 더 간단하다. 불린 쌀을 안치고, 보통 밥처럼 물을 맞춘 다음, 그 위에 말린 꽃잎을 듬뿍 얹어 익히고, 뜸 들이면 끝이다. 다만 꽃잎을 따 말려 갈무리하는 과정이 선행되어야 한다는 것이 다를 뿐.

 원추리 꽃은 여러 종류가 있는데 그중 겹꽃으로 피는 것은 피하고 홑꽃으로 피는 것 중 봉오리가 열릴락 말락 할 적에 따 꽃술을 모두 뺀 다음 햇볕이 들지 않는 그늘에서 말리거나 살짝 데쳐 말리면 아름다운 황금색이 변하지 않고 오래 간다. 말린 원추리 꽃은 뜨거운 물에 몇 잎 띄우기만 하면 금방 주황색이 우러나오는데 진한 색에 비해 향과 맛이 은은하고 부드럽다. 오랜 시간 끓이고 뜸을 들여야 하는 밥은 꽃 양을 좀 넉넉하다 싶게 넣어야 색과 맛을 즐길 수 있다.

 이윽고 밥이 끓고, 은은한 향이 솔솔 배어 나오기 시작했다. 호남 일대의 큰 사찰 살림살이를 두루 보아왔다는 공양주였지만 생전 처음 해보는 꽃 밥인지라 꽃과 쌀의 양을 어떻게 가늠해야 될지 몰라 여럿의

짐작으로 고심하며 안쳤는데 우선 향으로는 안심이 되었다. 아직 속가의 강한 맛과 향을 다 떨쳐 내지 못한 행자 스님들은 향이 안 느껴진다고도 했지만 말이다. 옅지만 깊은 고소함이 분명 코끝에 와 잡힌다. 하지만 과연 색과 맛은 어떨지, 모두들 궁금해하며 밥솥을 열었다. 섞기 전에는 꽃잎이 밥을 뒤덮고 있어 안도했는데 주걱으로 밥을 뒤섞는 사이 꽃잎은 흔적 찾기도 어려울 정도로 밥알 사이로 녹아들어가 버린다. 기대했던 향과 색은 아니었지만 부드럽고 향기로운 밥맛을 싫다고 하는 이는 없었다. 스님들도 속인들도 난생처음 먹어 보는 밥맛이었음에도 말이다.

원추리꽃밥의 황홀한 주황색을 제대로 내려면 밥쌀과 꽃잎의 비율을 일대이(1:2) 혹은 일대삼(1:3) 정도는 해야 된다는 조리법을 터득한 것으로 위안을 삼으며 돌아 나오는데 젊은 원주 스님이 묻는다. 원추리꽃은 언제 피느냐고. 아하, 아득히 묻혀 있던 대흥사 원추리꽃밥이 되살아날 조짐까지 느껴진다.

단백질, 포도당, 지방, 회분, 비타민, 무기질 등의 영양소 외에 아데닌, 코린, 알기닌 등이 함유돼 성장기 어린이의 발육에 좋다. 한방에서는 뿌리와 잎 그리고 꽃을 말려 강장, 이뇨, 해열, 진해, 진통 등의 약재로 쓰고, 빈혈이나 종기의 치료에도 썼다. 이런 효능 때문에 옛날에는 정월 대보름에 일 년 건강을 위해 먹는 아홉 가지 묵나물 중 반드시 먹어야 되는 나물로 넘나물을 꼽았을 정도로 귀한 대접을 받던 식물이다.

원추리꽃밥

🧂 재료

말린 원추리 꽃, 불린 쌀(밥쌀과 말린 원추리 꽃의 양은 1:2 비율)

💬 도움말

원추리나물 반찬을 곁들여 먹으면서 꽃 향을 음미하는 맛도 좋고, 맑은 양념장을 만들어 비벼 먹는 맛도 괜찮다.

🥣 만들기

1. 말린 원추리 꽃을 흐르는 물에 살짝 헹궈 둔다.
2. 불린 쌀을 먼저 안치고 밥물을 좀 되직하게 맞춘 다음 그 위에 원추리 꽃을 골고루 덮어 밥을 짓는다.

비췻빛 떡에서 나오는
현혹적인 색감

북촌 생활사박물관

수리취개피떡

이름도 특이한 수리취개피떡

　박물관 체험을 하러 온 아이들과 함께 단오 절기 음식인 수리취차륜병을 만들어 보려고 수리취를 다듬고 있는데 뜻밖의 탄성이 들려왔다. 박물관 관람을 하러 온 스님 일행이었다. 한 백 년 전까지는 단옷날 이 땅의 만백성이 챙겨 먹은 필수 음식이었다가, 한 오십 년 전까지는 사찰음식으로만 맥을 이어 왔고, 이제는 그 마저도 끊일락 말락 하여 보기 드문 식재료가 돼 버린 수리취를 세간의 박물관 마당에서 맞닥뜨린 스님의 탄성은 반가움을 넘어 신기해서 어쩔 줄 몰라 하는 그것이었다. 어디서 구했는지, 무슨 떡을 만들 건지, 산더미처럼 쌓여 있는 수리취를 함께 가려 주기까지 하면서 스님은 생각지도 않은 수리취개피떡 소식을 전해준다. 옛 시절 어른 스님들로부터 떡 빚는 솜씨를 익힌데다 향도 좋고, 맛도 좋고, 영양분까지 좋은 수리취가 토굴 주변에 흐드러지게 피어나는 덕분에 해마다 이맘때면 수리취를 뜯어 냉동실에 갈무

리해 놓고, 경축 날마다 개피떡을 빚어 불단에 올리고 있다는, 참으로 귀가 번쩍 뜨이는 소식이었다.

사찰음식 찾아다니던 중 이렇게 앉아서 요긴한 소식을 듣기는 또 처음인지라 초면의 스님에게 장삼 자락을 부여잡다시피 하면서 시연을 부탁했다. 어디메 절집인지, 당장 따라나설 차비도 차렸다. 하지만 지금은 서울에 일이 있어 달포가 지나야 강원도 심산의 토굴로 돌아갈 예정이라며, 완곡하게 거절한다. 하는 수 없이 시연 부탁을 접고, 대신 스님이 전수받은 수리취개피떡 만드는 방법을 캐물어 박물관에서 그대로 한번 만들어 보기로 했다. 강원도 정선 산나물 장수에게 특별히 부탁하여 구해 온 수리취와 북촌 대승사의 노보살님이 손수 고아서 보낸 조청, 안동 연주 보살이 농사 지어 보낸 팥과 참기름, 그리고 떡을 칠 돌절구까지 갖추고 있음이다. 이를 본 스님은 '산사 아니어도 제대로 맛이 날 것 같다.'며, 끝내 이름도 밝히지 않고 훌훌 떠나갔다. 아닌 게 아니라 이론만 듣고 만들어 본 수리취개피떡은 그 맛이 어찌나 입에 당기

는지, 먹어본 이웃들마다 이구동성 맛나다고 '절집 떡' 칭찬이 끊이지
않았다.

개피떡이란?

달콤한 팥소에 얇실한 떡 자락을 덮어 만들었다고 해서 개피(가피)
떡, 맞붙은 떡 자락을 종지로 찍어 낼 때 둥근 팥소 주변에 공기가 가득
들어가 떡이 볼록해지고, 이것을 한 입 베어 물면 팥 향내가 섞인 바람
이 후루룩 입 안으로 들어온다고 해서 '바람떡'이라고도 부른다. 수리
취 외에 쑥을 넣어 빚은 쑥개피떡, 소나무 속껍질을 넣어 빚은 송기개
피떡, 치자물로 빚은 노랑개피떡, 그리고 잘게 빚은 개피떡 두 개를 맞
붙여 놓은 쌍개피떡, 색이 다른 세 개를 아주 작게 빚어 바람개비처럼
붙여 놓은 셋붙이떡과 다섯 개를 붙여 놓은 꽃바람떡 등 모양과 재료를
다양하게 응용할 수 있다. 떡 모양 못지않게 안에 넣는 소도 종류가 많

은데 팥, 동부, 밤, 깨, 고구마, 호박 등을 많이 쓴다. 그중에서도 조청
에 버무린 팥소를 넣어 만든 수리취개피떡을 최고로 쳤는데, 맛도 맛이
지만 비췻빛 떡 안에서 나오는 붉은 팥소의 현혹적인 색감, 그리고 멥
쌀 떡인데도 수리취의 섬유소 덕분에 며칠을 두고 먹어도 잘 굳지 않
는다는 점 때문이다.

수리취란?

우리나라 깊은 산에서 자라는 국화과의 여러해살이풀로 참취와 비
슷하게 생겼지만 커다란 잎 뒷면에 솜털이 하얗게 붙어 있는 것이 다
르다. 취 중에서도 잎이 매우 질기고 커 예부터 나물로는 먹지 않고 주
로 떡을 해 먹는 데에만 써서 떡취라고도 불렀다. 수리취는 삶아 으깨
어도 초록색이 크게 변하지 않아 떡에서 비췻빛이 나고, 또 잎 뒷면의
흰 솜털은 떡을 잘 굳지 않게 하는 작용을 한다. 섬유소가 풍부하고, 비

타민A의 모체가 되는 카로틴과 비타민B 복합체를 함유하고 있으며, 칼슘과 철분 등을 잘 흡수하도록 돕는 작용 외에 혈액순환 촉진, 근육과 관절의 통증, 요통과 두통의 완화, 가래와 기침을 다스리는 효능이 있다. 한방에서는 산우방山牛蒡이라고 한다.

수리취개피떡

🧂 재료

멥쌀가루, 수리취, 팥, 소금, 조청(꿀), 참기름

〈떡쌀가루 만들기〉

1. 5시간 정도 불린 멥쌀을 건져 소금을 조금 넣고 빻는다.
2. 데친 수리취를 짤 때 나온 초록 물에 살짝 밑간을 본 다음 이 물로 멥쌀가루를 반죽한다. 이때 물의 양을 잘 조절해야 되는데, 전체적으로 촉촉해진 쌀가루가 몽글몽글하게 엉기는 정도가 적당하다(절편 만들 때보다는 물의 양을 적게 해야 한다).
3. 몽글몽글하게 엉긴 쌀가루를 손으로 비벼 잘게 만들거나 어레미에 내려준다.
4. 시루(찜 솥)에 김이 오르기 시작하면 젖은 베 보자기를 깔고 3의 쌀가루를 안쳐 익힌다.
5. 젓가락으로 찔러 보아 생가루가 묻어 나오지 않으면 더 이상 뜸을 들이지 말고 곧바로 절구에 옮겨 넣고, 찧어 놓은 수리취와 함께 떡을 친다.
6. 떡을 칠 때는 수리취 물에 공이를 적셔 떡이 들러붙지 않게 하면서 떡의 무르기와 간도 이 물로 맞추도록 한다. 떡은 오래 찧고, 많이 치댈수록 차지고 쫀득해진다.

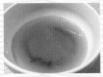

〈수리취 곤죽 만들기〉

1. 너무 센 잎은 줄기 부분을 떼고, 벌레가 없는지 앞뒤를 잘 살핀 다음 씻지 말고 그대로 끓는 물에 넣고 푹 삶는다.
2. 줄기를 눌러 보아 물러졌다 싶으면 건져서 찬물에 헹궈 물기를 꼭 짠다(마지막 짤 때 나오는 초록 물은 따로 받아 두었다가 쌀가루 반죽할 때와 떡을 칠 때 쓴다).
3. 2에 소금을 조금 넣고 절구에 찧거나 믹서로 갈아 곤죽을 만든 다음 떡에 섞어 함께 친다.

〈팥소 만들기〉

1. 붉은 팥을 깨끗이 씻어 하룻밤 불렸다가 물을 넉넉하게 붓고 삶는다.
2. 끓어 오르면 첫 물을 모두 따라 내 버리고, 약불에서 찬물을 조금씩 부어 주며 물기 없이 파슬파슬하게 될 때까지 삶는다.
3. 뜨거운 상태에서 주걱으로 으깨어 최대한 가루로 만들어 어레미에 비벼 내린다(체에 내리지 말고 으깬 그대로 써도 된다).
4. 3에 소금 간을 맞추고, 꿀이나 조청을 섞어 밤톨 크기의 동글동글한 소를 빚는다.

〈개피떡 찧기〉

1. 절구에서 차지게 찐 떡을 대야에 담고 손으로 더 치대어 매끄럽게 만든 다음 겉이 마르지 않게 젖은 보자기로 덮어둔다.
2. 1을 주먹 크기로 잘라 참기름 바른 도마에 올려 놓고 귓밥 두께 정도 되도록 밀대로 얇실하게 민다.
3. 빚어 놓은 팥소를 떡 자락 위에 하나씩 올려 놓고 남은 떡 자락을 덮어준 다음 주둥이가 얇은 종지를 절반 좀 못 미치게 걸쳐서 단번에 눌러주면 예쁜 초승달 모양의 떡이 찍혀 나온다. 겉에 참기름을 발라주면 개피떡이 완성되는데, 기름을 바르기 전에 개피떡 두 개를 붙여 쌍개피떡을 만들거나, 개피떡을 아주 잘게 만들어 셋을 붙인 셋붙이떡, 다섯을 붙인 꽃바람떡 등 여러 가지 모양을 낼 수 있다.

메밀의 고소함과
무채의 달큰함

제주 보덕사

메밀빙떡

반가운 제주도 공양간 소식

　모멀 고를 허여당 물 호끔씩 비와 가멍 잘 저시라.
　소곰도 호끔만 낭 풀풀헐 만큼만 맨들라.
　혼뻼만 되게 족게 맨들곡, 얄룹게 만들어사 헌다.
　놈삐는 무랑허게 말앙 솔짝만 데우치곡
　그 웃타래 꾀 호끔 뿌리고 소곰 호끔 낭 솔짝솔짝 무치라.
　빙 지진 것에 노멀 섞은 거 낭 안 터지게 솔쩨기 몰기만 허민 다 된
거여.
　경 혀서 나 죽건 젯상에 올려 도라.

　제주도의 토속 음식인 메밀빙떡을 만들 줄 모르는 며느리에게 그 만
드는 법을 알려 주면서 당신이 죽고 나거든 제사상에는 꼭 올려 줄 것
을 당부하는, 요즘 제주 시어머니들의 '지청구 노래'이다. 빙빙 돌려 만

들어서이기도 하고, 번철의 제주도 지방말인 빙철에서 지져내는 떡이
어서 그런 이름이 되었다고도 하는 메밀빙떡은 이름도 그렇지만 모양
과 맛, 생겨난 유래까지 매우 특이한 음식이다.

옛날 옛적, 탐나는 섬 제주도에 눈독을 들이고 있던 왜구들이 제주
사람들을 시나브로 죽여 없애려는 잔꾀를 내었다. 벼농사가 어려운 제
주도에 메밀을 퍼뜨려 주식으로 삼게 하겠다는 음흉스런 계략이었다.
이에 눈 밝은 한 스님이 '놈삐(무)와 함께 먹으면 메밀의 독성이 풀어
진다.'는 비방秘方을 전해 줌으로써 제주 며느리들이 궁리하여 만들어낸
음식이 바로 메밀빙떡이라는 이야기다. 그리하여 1970년대까지만 해
도 승속을 불문하고 제주도 사람들이 즐겨 먹던 별미 음식으로 남아 있
었다. 명절은 물론 제사와 혼사 등 집안과 이웃의 대소사에 서로 한두
차롱씩 만들어 부조하던 이바지 음식이기도 했다. 그런 연유로 메밀빙
떡은 절에서 스님들이 직접 만들기보다 세속의 불자들이 만들어서 사
찰로 올려 보내는, 매우 이례적인 자리매김을 해 온 사찰음식이다. 그

러하기 세간에 맛난 음식이 넘쳐나는 시절 따라 이제는 사찰에서 점점 보기 드문 음식이 되어가고 있다.

사찰음식 찾아 나선 지 삼 년이 되도록 바다 건너 제주도의 공양간 소식을 한 꼭지도 전하지 못해 아쉬움이 크던 중 마침 보덕사 주지 혜전 스님과 인연이 닿게 되어 불문곡직不問曲直(옳고 그름을 따지지 않음) 메밀빙떡 시연의 청을 올렸다. 만드는 방법이 간단하니 외지에서 온 공양주라도 설명만 해 주면 쉬이 만들어 낼 줄 알고 어렵사리 비행기 표를 구해 날아갔다. 그런데 스님은 그게 그리 호락한 일이 아니라며 굳이 세간의 빙떡 전문가 신도까지 불러 놓고 기다리고 있었다. 자칫 외지에서 나는 메밀과 무를 골랐다가는 메밀빙떡의 그 깊고 담백한 맛을 내기가 불가해진다. 운 좋게 제주 토종을 골랐다 하더라도 메밀은 성질이 미끄러워 반죽 농도를 맞추기가 어렵다. 빙떡의 옷인 빙은 무 숙채소를 넉넉히 감쌀 수 있을 만큼 지름이 넓어야 하고, 두께는 귓밥보다 얇아야 되므로 반죽 농도가 대단히 중요하다. 뿐만 아니라 엿기름이나

콩가루를 간 맷돌이나 기계에서 빻은 메밀가루는 아예 반죽 자체가 풀어져 빙을 만들 수조차 없다. 빙을 지지는 주변에 감귤이 있거나, 감귤과 함께 보관한 메밀가루를 써도 반죽이 삭는다. 이 모든 상식을 익히고 있어야만 메밀빙떡 만들기가 가능해지는 것이다. 그리하여 이날 특별히 초빙된 메밀빙떡 전문가는 보덕사의 오랜 신도인 강정희 보살이었다. 그녀는 해마다 정월 초이튿날이면 달디 단 겨울 무로 새 메밀빙떡을 만들어 보덕사 불단에 공양을 올리는 예를 십수 년째 지켜 오고 있는 제주 토박이 노보살이다.

메밀의 고소함과 무채의 맑은 달큰함

철들 무렵부터 빙떡을 지져 왔다는 노보살은 뒤집개도 없이 맨손으로 슬렁슬렁 빙을 지져낸다. 반죽 담긴 국자로 팬 위에 동그라미를 그리듯 일거에 주르륵 쏟아 붓는데도 넓이와 두께가 한결같다. 눈을 감고도 같은 두께, 같은 크기로 지져낼 수 있을 것 같은 경지이다. 경탄하며 지켜보는 사이, 빙떡 안에 들어가는 무 숙채까지 부드럽게 씹히는 맛으로 삶아 무쳐 놓는다. 큼직한 채반 두 개를 그득하게 채운 빙과 그 안에 들어갈 소가 모두 만들어졌다. 이제는 빙떡을 말 차례다. 전 위에 소 한 줌을 가지런히 놓고, 두어 번 빙빙 돌려 가며 떡을 말아주는 것이야 더더욱 술술 한다. 삽시간에 쟁반 그득히 빙떡을 만들어놓으니 혜전 스님은 예쁜 차롱(대나무로 만든 바구니의 한 가지를 일컫는 제주도 지방말)까지 사다 놓고 이집 저집 나눠 줄 궁리로 바쁘시다.

별 양념 없이 심심하게 무친 무 숙채 나물을 얇게 지진 메밀 전에 둘둘 말아주면 끝나는 조리법도 간단하거니와 메밀의 고소함에 무 숙채의 맑은 달큰함이 어우러진 맛은 아무리 먹어도 물리지 않을 만큼 담백하고 순하다. 아마도 그 때문에 양도 많아야 하고 가짓수도 많은 제사의 음복상과 혼사의 잔칫상에 빠지지 않고 오르게 된 것이리라. 아울러 불가의 명절에도 빠지지 않는 공양물이 되었음이니, 제주도 속가에

서 만든 음식인데도 어패류와 육류가 안 들어가고, 맛이 담백하여 수행하는 스님들께 더 어울리는 음식이라 그런 풍속이 생긴 것 같다. 그러하다면, 점점 만들기를 잊어가고 있는 제주 사람들에게 이제쯤은 산사의 스님들이 직접 메밀빙떡을 만들어 때마다 세간으로 내려보내는 것도 좋을 성 싶다. 갈수록 강렬한 맛에 길들여져 생병을 앓고 있는 세간의 중생들에게 주는 보시로서 말이다.

메밀빙떡

🧂 재료

메밀가루, 무, 소금, 참기름, 깨소금, 콩기름

🥣 무 숙채 소 만들기

1. 단맛이 잘 들은 가을무를 한 뼘 정도의 길이로 동강을 낸 다음 세로 채를 썬다(무는 가로로 썰었을 때보다 세로로 썰었을 때 숙채가 덜 부서진다).
2. 끓는 물에 무채를 넣고 고들고들하게 씹힐 정도로만 익혀서 건진다.
3. 무 숙채의 더운 기운과 물기를 없앤 다음 소금과 참기름, 깨소금으로 양념하여 무친다.

🥣 빙떡 옷 만들기

1. 물에 불린 메밀을 건져 소금을 조금 넣고 빻아 고운체로 내린다.
2. 체에 내린 메밀가루를 미지근한 물로 반죽한다. 반죽의 농도는 국자로 떠서 주르륵 흘러내릴 정도로 묽게 하고, 엷은 소금 간을 한다(반죽에 참기름 한 방울을 떨어뜨려 주면 메밀의 고소함이 배가된다).
3. 무 꽁다리에 식용유를 묻혀 팬 바닥을 닦듯이 기름칠을 한 다음 약불에서 반죽을 한 국자씩 떠부어 두께 1밀리그램, 지름 20센티미터 정도의 크기로 전을 지져낸다.
4. 빙떡 옷 양쪽에 2센티미터 정도씩을 남기고 무숙 채소를 가지런히 올린 다음 김밥을 말듯 돌돌 말아 비어 있는 양쪽 끝을 살짝 눌러준다(빙떡 옷이 얇기 때문에 도마보다 소쿠리를 엎어놓고 말면 쉽게 예쁜 모양을 낼 수 있다).

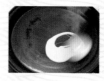

땅끝마을
아름다운 공양간 소식

해
남 미
황
사

해
초
된
장
국

이름도 어려운 해초 이름들

꼬시래기, 따시래기, 까막사리, 진두발이, 너버리, 까시리, 뜸부기⋯.
우리 바다 식물의 남도식 이름들을 입에 달고 외우면서 땅끝마을 아
름다운 절 미황사를 찾았다. 해남의 미황사는 '참사람의 향기', '한문
학당' 등 다양한 프로그램으로 일 년 내내 템플스테이를 운영하는 사찰
이다. 덕분에 프로그램에 참여했던 많은 사람들로부터 공양간의 매우
'특별한 반찬'에 대한 소식을 진작부터 전해 듣고 있던 터였다. 벼르고
가는 길이라 공양간 책임 보살에게 먼저 전화 상의를 했더니 '참사람의
향기' 프로그램이 끝나는 날에 맞춰 오면 해초 넣고 끓이는 된장국 정
도는 보여 줄 수 있겠다고 했다. 고맙고 반가워서 필요한 해초는 이쪽
에서 구해 가겠노라 선뜻 장담을 해 놓고, 남도 바다에서 나는 해초 이
름들까지 찾아 외웠다.

요즘 들어 도시인들 사이에 해초비빔밥이다, 해초샐러드다, 해초 음

식이 유행을 타고 있으니 재료 구하기는 그리 어렵지 않으리라 싶었다. 그런데 웬걸, 가는 길에 해남 장을 찾았더니 생 해초라고는 감태밖에 나온 것이 없다. 그것도 갈조류로 알고 있던 감태가 아니라 녹조류인 파래과의 매생이 같은 해초를 그렇게 부르고 있다. 매생이를 우리 고향에서는 '싱싱이'라고 하는데 이곳에서는 감태라고 하나 보다 했더니 매생이가 아닌 '감태'라고 강조한다. 그렇다면 싱싱이 비슷한 '감탕'을 여기서는 감태라고 하는 건지? 사전을 찾아보니 김의 다른 말이 감태란다. 갑자기 감태라고 하는 해초가 싱싱이를 닮았는지, 감탕을 닮았는지조차 식별이 안 된다. 미역, 김, 다시마 외의 해조류는 동네마다 이름도 다르고 조리법도 다른 데다 먹을 것이 흔해지고부터 갯마을 밥상에서조차 찾아보기 어려운 식재료가 돼 버렸으니 이렇게 헷갈리는 이름들이나마 전해지고 있음을 고마워해야 할 노릇이던가.

그렇기는 해도 마른 뜸부기 정도는 쉽게 구할 수 있겠지 하며 건어물 가게 곳곳을 뒤지고 다녔지만 '뜸부기'는 더더욱 이름도 모르겠단다.

뜸부기의 표준말인 모자반을 대도 모르고, 제주도 말인 '몸'을 대도 모르고, 경상도 말인 '모재기'도 몰랐다. 허면 예부터 남도의 절집에서 자주 해 먹었던 음식으로 기록돼 있는 '뜸부기국'은 대체 어느 갯마을의 모자반으로 만든 국이란 말인지, 빈손에 궁금증만 안고 미황사로 올라갔다. 산사의 산야초 묵나물 저장처럼 바닷가 절이니 바다묵나물 한두 가지쯤은 쟁여 두고 있으리라, 믿는 바는 있었다.

아니나 다를까, 바닷가 절집답게 공양간 저장고엔 미역, 김, 다시마, 톳, 청각, 파래 등등 해초 묵나물이 그득하다. 그런데 뜸부기는 없다. 다시 모자반, 모재기, 몸이라는 이름들과 생김새, 맛 등의 설명을 거쳐 해남 인근에서는 그것을 '몰'이라고 부르고, 여수 인근에서 뜸부기라고 부른다는 것을 알았다. 하지만 말려서 저장해 두었던 몰은 남은 것이 없고, 햇 몰도 아직 본격적인 수확철이 아닌 데다 당연히 이쪽에서 구해 올 줄 알고 있었다는 설명이다. 난감함에 완도 장으로라도 달려갔다 올까 싶었지만 구할 수 있으리란 보장도 없었다. 끼니마다 모자반을 무쳐서 허기를 때우던 시절도 아니고, 더구나 장날도 아닌 때에 이제 갓 피고 있는 어린 모자반 따려고 차가운 바닷물 속으로 들어갈 사람이 있겠는가 말이다. 묘수를 궁리하고 있는데 전화 상의를 했던 수진화 보살이 저장고 한쪽에서 무언가를 꺼내 보여준다. 반쯤 언 상태의 생 해초 뭉치다. 오늘 마친 템플스테이 팀의 점심 공양에 해초된장국을 끓이면서 혹시나 싶어 남겨둔 것이라는데 너버리(고장초)도 있고, 까시리(가사리)와 까막사리(고시래기), 파래까지 섞여 있다. 마른 것이든 생것이든 미황사 공양간에 저장 해초가 떨어지는 적은 없지만, 그래도 생 해초는 완도 장이 지척이라 장날마다 나가서 제때에 나는 것을 구해 쓰는데 요즘은 갈조류 해초들이 아직 어린 시기여서 보이는 대로 사서 냉동고에 저장을 해두었다고 한다.

땅끝마을 아름다운 공양간

　미황사 해초된장국은 조리법이 아주 간단했다. 깨끗이 다듬어 씻은
해초 한 움큼을 끓는 된장국에 넣고 한소끔 더 끓여 주는 것으로 조리
가 끝났다. 중간에 새송이버섯을 찢어 넣고, 청·홍고추를 썰어 양념으
로 넣었을 뿐 더 들어가는 재료가 없다. 주 재료가 '해초 모듬'이라고
해도 좋을 만큼 갈조, 녹조, 홍조류가 다 섞여 있으니 음식의 색과 향,
맛과 영양소가 이것만으로도 훌륭하고 충분하게 어울린다.

　알칼리성 저칼로리 식품인 해조류의 온갖 유익 성분이 알려진 요즘
에 와서 다이어트니 뭐니 하며 도시인들 사이에 해초로 만든 음식이 퍼
져 나가고 있는 추세이지만, 바닷가 절집에서는 예부터 우리 바다의 온
갖 해초들로 반찬을 만들어 먹었다. 녹조류인 파래 등으로는 주로 나
물과 전, 자반을 만들었고, 갈조류인 미역 등으로는 주로 국과 탕을 끓
였다. 갈조류에 풍부한 알긴산이 체내의 지방까지 분해할 정도로 훌륭

한 식이섬유이긴 하나 충분한 물과 함께 먹지 않으면 오히려 역효과를 낸다는 것을 눈 밝은 스님들은 이미 알고 있었음이다.

그 지혜로운 음식 중의 한 가지가 땅끝마을 아름다운 절집 미황사 공양간에 오롯하게 살아 있어 반갑고 고마웠다. 미황사의 각종 프로그램에 참여하는 사람들은 불가의 법도와 풍속에 대해 전혀 모르는 초심자들이 많은 만큼 미황사에서 예부터 전해 내려오고 있는 우리 사찰의 전통 음식을 제대로 만들어 대접해야 한다는 주지 금강 스님의 가르침에다. 절 바로 아랫마을에서 나고 자라 절집 공양간 사정과 해조류 조리법을 두루 잘 알고 있는 젊은 공양주의 야무진 살림솜씨, 그리고 삼십 년 넘게 미황사 공양간을 지켜온 터주 노보살님의 훈수가 옛 음식맛을 제대로 지켜내고 있는 것을 보았다.

해초된장국

🧂 재료

갖가지 해초, 새송이버섯, 맛국물, 된장, 청·홍고추

🥣 만들기

1. 해초는 뿌리에 붙은 찌꺼기 등을 깨끗이 떼 낸 다음 찬물에 조물조물 씻어 물기를 꼭 짜둔다. 이 때 길게 넌출거리는 줄기 해초류는 적당한 크기로 잘라둔다.

2. 새송이버섯은 결대로 찢고, 청·홍고추는 적당한 크기로 썰어둔다.

3. 다시마와 무로 우려낸 맛국물에 된장을 풀어 국물을 먼저 끓인다.

4. 국물이 끓기 직전 새송이버섯을 먼저 넣고, 국물이 끓기 시작하면 해초와 청·홍고추를 넣어 한소끔만 더 끓인다.

💬 도움말

갈조류에 많이 들어 있는 알긴산의 점성 때문에 해초된장국은 국물이 식을수록 끈적해진다. 한 끼 먹을 만큼만 끓이고 뜨거울 때 먹는 것이 좋다.

환경이 망친 몸을
살리는 음식

대구 홍련암

감태장아찌

환경이 망친 몸을 살리는 음식

불가항력의 자연 재해에서 비롯된 이웃나라의 원전 사고는 가공스러운 방사선 물질로 우리네 일상을 위협하는 지경에 이르렀고, 그중에서도 우리 아이들의 밥상이 제일 큰 걱정 거리로 떠올랐다. 어른은 그렇다 치고, 앞으로 자라나는 아이들에게 무엇을 어떻게 먹여야 할는지, 식재료의 안전성을 판단하느라 모두들 촉각을 곤두세우고 있다. 때가 때인지라 더욱 총총히 절집 공양간을 찾았다.

대구 홍련암은 우리 전통 사찰음식에 일가를 이루고 있는 정관 스님이 본격적인 연구 활동을 위해 발원하여 세운 매우 특별한 암자다. 스님들의 참선수행을 위한 도량으로서가 아니라 세간 중생들의 어리석은 식생활을 계도하기 위해 마련한 스님 동사섭의 장이다. 사찰음식 연구를 수행의 방편으로 삼고 있는 정관 스님의 올곧은 정찬 조리법은 영암 망월사 주지 소임을 보고 있을 당시 이미 한 차례 소개한 적이 있거니

와 그 후 스님은 조계종 종단에서 추진하고 있는 사찰별 고유 음식 정
리 작업과 한국전통사찰음식연구회가 추진하고 있는 사찰음식 조리법
체계화 작업의 장아찌 분야를 맡아 책임 정리를 하는 등 우리 전통 사
찰음식의 자리매김에 대단히 중요한 역할을 수행해 오고 있다. 그런 연
유로 스님을 다시 찾게 되었고, 일본의 방사선 문제로 야기될 우리 식
생활 문제에 대해 이런저런 걱정을 나누다가 뜻밖의 감태장아찌를 찾
아내게 되었다.

좀 뜬금없지만, 그 실마리는 일본 나가사키 성프란시스코병원의 내
과 의사였던 다쓰이치로 아키즈키가 쓴 『죽음의 동심원-나가사키 피폭
의사의 기록』이다. 아키즈키 박사는 나가사키 원폭 투하 당시 피폭을
당하고도 2005년 팔십 구세를 일기로 영면할 때까지 매우 건강한 삶을
살았다. 뿐만 아니라 자신이 돌본 수많은 환자들까지 건강한 삶을 누리
게 해 주면서 그 과정을 꼼꼼하게 기록하여 남겼다. 그런데 그 비법의
핵심이 바로 속껍질을 벗기지 않은 곡류, 된장, 해조류로 만든 음식을

매 끼니마다 섭취하되 소금을 조금 더 첨가하여 평소보다 좀 짜게 먹으라는 것이다.

뚝딱 감태장아찌 한 단지

감태장아찌는 지금 시대에 매우 잘 부합되는 반찬이다. 녹조류 해초의 하나인 감태를 장아찌로 만들 때는 특이하게도 된장에 간장을 이대일(2:1)로 섞고, 여기에 현미와 수수, 조 등 통곡식을 고아 만든 조청을 섞어 담근다. 그러니 피폭 환자에게 권장되는 세 가지 식재료가 한데 어우러졌을 뿐 아니라 맛도 일품이고, 저장까지 아주 쉽다. 감태장아찌는 함평, 무안, 영광, 강진, 해남, 영암 등 호남 해안 지방에서 예부터 승속 구분 없이 즐겨 먹어 온 저장식품이다. 지금도 이쪽 지방의 청정한 바다에서 나오는 감태를 최상품으로 친다. 파래과 중에서 잎이 머리카락처럼 길고 가늘게 생긴 것을 잎파래류로 분류하는데, 감태는 잎

파래류 중에서도 잎이 가장 가늘고 부드러우며 깨끗하게 생장한다. 그래서 생으로 먹을 때도 씻지 않고, 데치지도 않으며 그냥 양념만 해서 먹는다.

정관 스님은 영암 망월사의 주지 소임을 맡으면서부터 이 감태장아찌와 인연을 맺었다. 그런데 먹어보니 용맹정진하는 스님들의 저녁 공양(죽)에 더없이 좋은 반찬이라 해마다 빠뜨리지 않고 담그게 되었다고 한다. 대개의 해초들이 그렇듯이 감태도 겨울철에 수확하기 때문에 생으로 먹는 것보다 겨울의 차가운 해풍에 바짝 말린 감태가 훨씬 맛이 좋다. 그런 최상품 감태를 구하려고 올해도 감태 수확기인 이월에 함평과 강진 장을 오가며 필요한 양을 이미 다 확보해 놓았다. 그런 소식을 놓칠세라 단박에 날짜를 잡고 시연의 청을 드렸던 것인데 때가 때인지라 스님도 흔쾌히 승낙을 했다. 장아찌 담그는 것이야 조리 중에서는 그리 번거롭지 않은 것이기도 하거니와 옛 법도에서 한 가지도 더하지 않고 덜하지도 않는 정관 스님식 조리법으로 하니 손짓 두어 번에 쓱

싹 뚝딱 감태장아찌 한 단지가 만들어진 것 같았다. 그 위에 예쁜 징굼돌(김치나 장아찌류를 눌러 두는 돌의 경상도 지방말) 하나 눌러 마무리를 지어 놓고, 오지대야 바닥에 붙어 있는 감태 몇 오라기를 긁어 맛을 보여주신다. 향이 혀끝에 착 달라붙어 버리는 감칠맛이다. 괜히 감태가 아닌 것이다. 그런데 달포가량 숙성되면 지금의 맛은 비교도 안 된다고 한다. 꼭 다시 걸음하리라, 다짐까지 하게 만드는 맛이다.

감태장아찌

🧂 재료

말린 감태, 된장, 국간장, 조청, 황설탕, 생수

🥣 만들기

1. 감태는 엉킨 부분이 없도록 깨끗이 손질해서 적당한 길이와 크기로 찢는다.
2. 국간장과 생수를 1:1 비율로 섞어 끓인 다음 식힌다.
3. 집간장의 2배 정도 되는 양의 된장에 조청과 황설탕을 적당량 넣고 고루 섞이도록 버무리다가 2의 간장물을 섞어 약간 걸쭉한 상태의 양념장을 만든다.
4. 물기 없는 단지에 먼저 양념장을 한 국자 떠 넣고, 그 위에 감태 한 줌을 펴 놓은 다음 다시 양념장을 고루 끼얹어 주는 식으로 차곡차곡 담는다. 맨 위에는 장굼돌로 꼭 눌러주고 베 보자기로 싼 다음 서늘한 곳에서 숙성시킨다.
5. 10일 정도 그대로 두었다가 위, 아래가 바뀌도록 뒤집어서 다시 눌러 주고, 이때로부터 15일 정도 더 숙성시키면 감태의 녹색이 까무스름하게 변하면서 장아찌의 깊은 맛이 나기 시작한다.

💬 도움말

제대로 건조된 감태는 수분이 전혀 없어 물기를 많이 먹으므로 국물이 자박하게 되도록 양념장과 감태 양을 잘 맞추어서 담가야 한다.

향기로운 장떡 한 개

문경 칠성암

장떡

노스님의 문전박대

　입맛 없는 여름철, 경상도와 전라도 지방에서 즐겨 해 먹던 별미 반찬 중에 장떡이란 것이 있었다. 된장과 고추장으로 간을 맞춘 밀가루 반죽에 깻잎과 풋고추 등 온갖 채소를 듬뿍 다져 넣고 번철에 지져내는 맵싸한 부침개이다. 된장과 고추장이 밀가루 반죽을 삭혀 버리기 때문에 다른 부침개들처럼 얇게 지질 수가 없어 두께가 좀 있게 지져낸다. 그래서 빈대떡의 경우처럼 전이라 하질 않고 떡이라는 이름이 붙게 된 지짐 음식이다.

　그런데 사찰음식 중에 진짜 장떡이 있다는 소식을 들었다. 묵은 된장에 표고, 초피, 방아, 청양고추를 다져 넣고 되직한 떡 반죽을 하여 하루 동안 숙성을 시키고, 모양과 크기도 경단처럼 동글납작하게 제대로 빚어서 석쇠에 구워 먹는다니, 가히 떡이란 이름이 붙을 만한 음식이다. 뿐 아니라 이 장떡에는 탄수화물, 단백질, 지방질, 비타민 등 주

요 영양소가 빠진 것 없이 잘 배합되었고, 방부 성질이 강한 초피와 방아 잎 덕분에 일 년은 너끈하게 보관할 수가 있다. 먼 길 가는 운수납자들이나 일각을 아껴 용맹정진하는 선승들이 손쉬이 끼니를 때우기에 더없이 좋은 저장 반찬이다. 물에 만 주먹밥의 반찬으로 먹으면 장떡한 개로도 몇 끼니를 넘길 수 있을 테고, 때론 장떡을 물에 풀어 즉석 된장국으로도 먹을 수 있을 터이다. 급할 때 허기를 면할 수 있는 비상 군음식도 되어 줄 터이고, 주 재료가 된장인 데다 약성 식물인 초피와 방아까지 들었으니 배탈이나 체했을 때 등 요긴한 약으로도 쓸 수 있지 않겠는가 말이다.

　금시초문의 이 장떡 만드는 비법을 문경 칠성암의 암주 스님이 딱 한 번 세상에 선보였다는 말을 듣고, 무작정 주소를 들고 황장산 깊은 골로 찾아갔다. 참선 수행을 위해 십 몇 년째 토굴 은거를 지켜 오고 있는 노스님은 세속의 번잡함을 멀리 하려 전화번호조차 흘려 놓지 않았던 것이다. 그래도 혹시나 하고 찾아든 무례 속인을 노스님은 역시나 문전박대했다. 단호한 서슬에 두 마디도 입이 떨어지지 않는다. 엄연한 무례를 저지른 중생 주제에 어쩌겠는가, 순순히 돌아설밖에. 그 모습이 측은했던지 점심 공양이나 하고 가라고 붙잡는다. 속으로 쾌재를 부르며 노스님이 차려 주는 밥상을 받았다. 예상대로 장떡 한 조각이 차려져 있었다. 그 맛이 입에 딱 맞았다. 고소하고, 담백하고, 향긋하고, 알싸하니 맑고 깊게 감치는 맛이다.

맛을 찬탄하던 끝에 아주 조심스럽게 장떡의 실마리를 붙잡았다. 행자 시절부터 법 공부를 이끌어 주신 은사 스님한테서 만드는 법을 익혔으되 세월 따라 운수행각 다니는 길이 빨라지고(교통의 발달) 짧아진(도로의 건설) 데다 온갖 식품들이 넘쳐나는 바람에 어느 사이 스님들도 장떡을 챙기지 않게 되었고, 더불어 스님 당신도 까맣게 잊고 살았다. 그런 어느 여름날, 육신이 너무 노쇠하여 입맛을 잃어 버린 은사 스님이 그 옛날 장떡 맛을 찾더란다. 그리하여 되살려 낸 장떡 반찬으로 은사 스님을 봉양하게 되었고, 은사 스님은 몇 년여의 여름을 밥과

장떡 한 가지로 건강을 유지하다가 입적했다. 덕분에 젊은 도반 스님들까지 장떡 맛을 들이게 되었다. 그래서 이제는 외국으로 성지순례를 떠나는 도반 스님들을 위해 해마다 초피 잎 무성해질 무렵이면 혼자서 대대적인 장떡 만들기 공사를 하고 있단다.

향기로운 장떡 한 개

그럭저럭 장떡 만드는 방법과 재료는 알아낸 셈이다. 하지만 직접 만들어 보여주는 것은 하지 않겠다고, 단호히 선을 긋는다. 언제는 맛을 찾아 우르르 몰려다니더니 이제는 몸에 좋은 거라면 수행하는 스님네 토굴까지 쫓아와 아우성을 치는, 참으로 어리석고 무례한 요즘 중생들의 행태가 한심하다 했다. 장떡은 재료도 단순하고 방법도 간단하지만, 길고 긴 시간과 지극한 정성이 들어가야 된다. 게다가 입에 달지도 않은 음식이다. 애써 가르쳐 줘 봤자 그런 것을 해 먹지도 않을 테니 굳이

헛수고 하지 말라는, 일침까지 덧붙인다. 설령 해먹는다손 치더라도 제 입맛대로 군더더기 재료를 가미하고, 방법을 바꾸어 본래의 음식(맛) 과는 동떨어진 사찰음식을 만들어 퍼뜨리게 되는 것이 경계되어 사절 한다고, 단단히 못을 박았다.

그래 다시 돌아섰다. 나오면서 보니 절 마당에 방아가 흐드러지게 피 었고, 초피나무는 아예 절을 빙 둘러 울타리를 치고 있다. 그것들이나 마 좀 얻어 가면 안 되겠느냐고 용기를 내어 물었더니 의외로 선선히 그렇게 하란다. 마침 집에 이십여 년 묵힌 '골동 된장'이 있어 직접 만 들어서 소개해도 되겠느냐고 다시 청을 했더니 '장떡 소식 구한 절 주 소와 스님 이름 밝히지 않는 조건'으로 허락을 해 주셨다.

돌아와 그야말로 어렵사리 장떡을 만들었다. 하필 때가 장마철이라, 하루 숙성시키고 이틀간 햇볕에 말려서 숯불 지펴 구워내는 과정이 참 말이지 건성으로는 될 일이 아니었다. 몇 번을 끙끙댄 끝에 완성을 본, 향기로운 장떡 한 개를 차려 놓고, 물에 만 밥과 함께 맛을 보니 산사의

노스님이 만든 것보다야 못하지만 얼추 비슷한 정도는 된 것 같다. 된
장의 깊은 맛과 초피, 방아의 독특한 향이 어우러져 몇 끼를 먹어도 물
리지가 않는다. 노스님처럼 장기간 외국 나가는 지인들에게 선물로 권
했더니 하나같이 귀하게 잘 먹었노라고 치사가 끊이지 않고 있다.

장떡

🧂 재료

묵은 된장, 마른 표고버섯, 초피(제피) 잎, 방아 잎, 청양고추, 통깨, 참기름

🍳 만들기

1. 마른 표고버섯은 물에 불렸다가 물기를 꼭 짜서 잘게 다진다.
2. 초피 잎과 방아 잎, 청양고추도 씻어 물기가 없도록 하여 잘게 다진다.
3. 깨는 깨끗이 씻어 적당히 불렸다가 체에 받쳐 물기를 없앤 다음 마른 보자기에 싸서 살살 비벼 껍질을 제거한 다음 볶아 둔다.
4. 볶음팬에 참기름을 조금 두르고, 연한 불로 1과 2의 재료를 한 가지씩 볶되 물기가 없어질 때까지 천천히 볶은 다음 식힌다.
5. 된장에 준비한 재료를 모두 넣고 잘 버무린 다음 보자기를 덮어 하룻밤 정도 숙성시킨다.
6. 5를 경단 모양과 크기의 떡으로 빚어 하루나 이틀 정도 햇볕에 바짝 말린다.
7. 마른 장떡을 석쇠에 올려 놓고 은근한 숯불로 구워 낸다.
8. 바싹하게 구워진 장떡을 한나절 정도 식힌 다음 옹기나 도자기 항아리에 담아 저장해두고, 필요한 양을 꺼내 먹는다.

💬 도움말

1. 된장은 가능하면 오래 묵어 수분이 졸아든 된장을 쓰는 것이 좋다. 새 된장을 쓸 경우, 장시간 팬에 볶아 수분을 모두 증발시켜야 된다.
2. 마른 표고버섯은 된장 양과 비슷한 양으로 하고, 향이 강한 초피와 방아는 조그만 넣는다. 그리고 매운 청양고추는 1~2개 정도의 양으로 한다.
3. 장떡을 옹기나 도자기에 보관하면 일 년 정도 두어도 변하지 않는다.

사진 ⓒ 한국불교문화사업단 제공
page 6, 116, 164, 175, 199, 209, 221, 239

이야기를 담은 사찰 밥상

초판 1쇄 펴냄 2015년 9월 18일

글 · 사진 이경애
발행인 이자승
편집인 김용환
펴낸곳 ㈜조계종출판사
출판부장 이상근
책임편집 오유진
편   집 김재호, 김소영
디자인 오시현, 정민애, 유현지
제   작 윤찬목, 인병철
마케팅 김영관

출판등록 제300-2007-78호(2007.04.27)
주소 서울시 종로구 우정국로 67 대한불교조계종 전법회관 2층
전화 02-720-6107~9
팩스 02-733-6708
홈페이지 www.jogyebook.com
구입문의 불교전문서점 02-2031-2070~3 / www.jbbook.co.kr

ⓒ 이경애 2015
ISBN 979-11-955228-1-1 03810
값 13,800원